Mure Yoko *Selection*

猫と女たち

群ようこ

ポプラ文庫

contents

一　猫のジンセイ、犬のジンセイ　Essay

二　女たち *Novel*

猫と女たち

一　猫のジンセイ、犬のジンセイ

Essay

犬や猫のいる町

引っ越しをすると、私は必ずご近所の犬、猫チェックをするのが、恒例になっているのだが、マンションの九階に引っ越したときには、もう、そんなこともできないんじゃないかと、正直いって心配した。二階、三階くらいの高さの部屋ならば、下を向けば地べたがみえるし、行き来する犬、猫の姿も見える。しかしそれ以上の階になると、難しくなると思ったからである。ところがマンションの周囲には、古くからの一戸建てに住んでいる人が多く、犬、猫チェックには、事欠かないことが判明してうれしくなった。

散歩をしてみると、そこここに犬がいるし猫もいる。ハスキー犬を連れている人が見当たらないのもうれしい。以前、住んでいた所では、いかにも、

「ハスキーを連れてる僕たちって、かっこいいでしょ」

といいたげな間抜け面《づら》をした飼い主が、主人の顔だちよりも立派なハスキー犬を、連れている姿を見ることが多かった。しかしここはそんな流行に踊らされない堅実

な人が多いのか、ほとんどが雑種である。茶色、黒、近頃あまり見なくなった、目の上に眉毛みたいなポッチのついている犬もいる。とにかく血統書よりも、性格のよさで勝負しているような犬ばかりなのである。

裏道を走り回っている猫も、いわゆる駄猫である。首輪をつけている猫、つけていない猫、見るからにノラ丸だしの猫などさまざまだ。そのなかに茶トラの猫がいる。うちの近所の老舗《しにせ》レストランの裏にいつもいるので、飼い猫が遊びに来ているのかと思っていたのだが、レストランの従業員に対する態度を見ていると、どうもノラみたいなのだ。その茶トラは、栄養価の高い残飯をもらっているためか、顔も体もまるまるとしていて、そこいらへんの飼い猫の何倍も毛艶《けづや》がいい。おまけにみんなにかわいがられているから、性格もおだやかでおっとりしている。初対面のときに私が手を出しても、されるがままで、ぼーっとしていた。そしていつも、のんびりと寝転びながら、目の前を通り過ぎて行く人を眺めているのである。

ところが先日、いつもいる場所に猫がいない。ふと横を見ると、従業員の自転車置き場でぐったりしている。自転車のスポークに、鼻先と両前足を突っ込み、目をとじたままになっているのだ。

「まさか、死んでるんじゃないだろうなあ」

心配になってそばに寄ってみたら、なんと、

「ごーっ」

とまるで地なりのような鼾《いびき》をかいて熟睡していた。とんでもなく無防備な奴でもあるのだ。

あるとき、レストランの制服を着た、まだ二十歳前とおぼしき男性が、店の裏から出てきた。そして小さな箱の上で寝ていた茶トラの姿を見るなり、小走りにかけ寄りながら、

「〇〇ちゃーん」

と、猫の名前らしきものを呼んで、ぎゅーっと抱きしめた。そんなことをされても、猫は嫌がるふうでもなく、

「ふにゃー」

とうれしそうな顔をしながら、されるがままである。彼は猫の耳元で、ぶつぶつ何ごとかいっていた。そのたびに猫は相槌《あいづち》をうつように、「ふにゃ」「うにゃ」と声を上げている。もしかしたら彼は、とんでもない失敗をしてしまって、猫に辛《つら》い思いを訴えていたのかもしれないし、うれしいことがあったので、猫に報告したのかもしれない。それは私にはわからないが、彼はいつまでも猫を抱っこして、頬ずり

をしていたのだった。

　そしてそんな心暖まる姿を、道路を隔てた生け垣のなかからじーっと見ているのが、黒と白のブチ猫である。この猫はまるで、安芸ノ島《あきのしま》がにゃーにゃーと鳴きながら、そこいらへんをかけずりまわっているのではないかと思うくらい、関取にウリふたつだ。このブチは飼い猫なのだが、観察していると、どうも愛情に飢えている気配がある。たびたび茶トラに、従業員にかわいがられている姿をみせつけられて面白くないのか、この二匹は仲が悪い。どちらかが近づくと、もう一匹がふっとその場を立ち去る。面とむかって喧嘩《けんか》をすることはないのだが、お互いあまり関わりあいたくないようなのだ。近所に住んでいるんだから、仲よくすればいいのにと思うのだが、猫には猫なりの交際術があるらしい。

　ブチは自分の気持ちをまぎらわすために、どうするかというと、家の前を通る人に声をかけてすり寄り、お腹をさすってもらう。が、問題はすり寄っていくのが、十代、二十代のそれもかわいい女の子だけ。だから当然、私にはすり寄ってこない。

「あの子はどうかな」

　と、ブチの前を通る女の子を見ているが、なかなかブチの審美眼は厳しく、平均的顔面の女の子が頭をなでようとすると、すっと逃げる。ところがかわいい女の子

だと、たとえ彼が隣にいても、それをものともせずに、

「にゃーん」

と甘えた声を出してすり寄っていく。自分にはないものを求めるというのは、人と猫の間でもありうることのようだ。声をかけられた女の子は、にっこり笑ってしゃがんでブチの頭をなでてやる。するとごろりとあおむけになり、今度はお腹をさすってくれと催促する始末なのだ。通り過ぎる人たちは、みんなブチの格好を見て笑う。そしてその横を飼い主に連れられた犬が通り、

「何だ、ありゃ」

といいたげに、何度もふりかえって見ている。ここは特別、お洒落《しゃれ》な建物も店もない町だが、私は普通の犬や猫がいればそれでいい。私はこの町がとても気にいっている。

犬にみる民族性

道端を歩いている犬を見ると、何となく飼い主の性格がわかるような気がする。目が合うと尻尾をちぎれんばかりに振って愛想をふりまく者。恥ずかしそうに目をそらしながらも、遠慮がちに尻尾を振る者。ツンと横を向いてしまう者。キョトンとして顔を見上げている者などさまざまである。脱糞《だっぷん》も周囲の目を気にしつつ電信柱の陰でこっそりする者。飼い主が地べたに新聞紙を敷くのを、まだかまだかというふうにクンクン鳴きながら腰を揺する者。道路のど真ん中で立ち止まっていると思ったら、突然ぼたっと落とし物をしていく大胆な者もいてなかなか面白い。

今まで海外旅行は三か所しか行ったことがないので、そのとぼしい経験からしかいえないのだが、国によって犬や猫の態度がずいぶん違っていた。まだ犬を食する習慣のある某国に旅行した友人の話によると、道路をとぼとぼ歩いている犬が、どことなく、

「人間なんか絶対に信じないもんね」

と疑り深い暗い目つきをしていたという。市場など人が集まっているような場所には絶対に来ない。目が合うと、やせた体をビクッとふるわせて、木や建物の陰に隠れて様子をうかがっている。こちらがにこにこして近寄っていっても、尻尾を股《こ》間《かん》に巻き込んで、そそくさと姿を消してしまうそうなのである。きっと友だちのジョンやリッキーが、にこにこした人間につかまったまま、帰ってこないことをしっかり覚えているのだろう。

　私はまだそういう習慣のある国に旅行したことがないため、そのような暗い目つきの犬には会ったことがない。みんなそれなりに今の状況に満足しているように見えた。特にアメリカの犬は体は大きいが、とても人なつっこかった。声をかけてやるとうれしそうに私のまわりをぐるぐる回って愛想をふりまく。頭を撫でてやるととても喜んで、お返しにローストビーフみたいな舌でべろんべろんと顔をなめまわしてくる。人見知りをしないし公園のベンチで座っていると、尻尾を振りながら、

「こんちは」

と自発的に挨拶をしにきたりするのだ。私は英語がうまく話せないので、日本語で話しかけても、それなりに反応する。

「よしよし、いい子だねえ」

といいながら、体をさすってやると、これ以上の喜びはない、といった様子で腰を振っていた。日本語で「お座り」といっても全く通じなかったが、犬のほうが、

「こいつの英語はわからないけど、きっとこういいたいんだろう」

と気をつかってくれたような気さえしたのだ。

その正反対に無愛想の極みだったのがパリの犬である。黒い毛皮を着ているマダムは黒いプードルを、白い毛皮を着ているマダムは白いプードルを従えているのが、一種異様な雰囲気であった。日本でもプードルをつれている人がいるが、どことなく本場のは顔つきが違う。可愛気のただよっている日本育ちとは違って、パリ暮らしという自信があるのかいつも顎《あご》を上げてすまして歩いているのだ。かまおうとしても、そっぽをむいていてとっても冷たい。チャウチャウもでぶでぶした体ですまして歩いているし、ボルゾイに至ってはあの長い顔でモップのような体毛を風になびかせて気取っていた。

「あんたたちは日本にいたら、そんなに気取っていないはずだけどね」

といっても、完全に無視された。彼らには、

「フランス人の御主人様以外には愛想をふりまきません」

という確固たる主張がありそうだった。が、彼らがすましている背後から蹴《け》っと

ばしてやりたい気分になったのも事実である。

スペインの人はとても人なつっこかったが、異常なくらいすり寄ってきたのもやはりスペインの犬である。散歩をしていると、むこうから首輪をした一匹の白と黒のぶち犬が歩いてきたので、

「こっちにおいで」

と手招きしてみた。すると犬ははたと立ち止まり、不思議そうな顔をして首をかしげてこちらを見ている。しゃがんで、

「おいで、おいで」

と呼んでみると、事情を悟った犬はものすごい勢いで私のところに走ってきた。目の前でちぎれんばかりに尻尾を振りながら、

「クーン、クーン」

と鼻をならしていたかと思うと、突然、ばねじかけのおもちゃみたいに、ピョン、ピョンとその場跳びをはじめてしまった。あまりの喜びようにこちらのほうが驚き、この興奮を鎮めるにはどうしたらいいかしらと心配になったくらいだ。頭を撫でてやるとグフグフいいながら体を擦り寄せてくる。ふと気がついたらその犬の飼い主の親子がそばにいて、指さしながら笑っていた。

その町の人々が集う公園ではシェパードが鎖を解かれて走り回っていた。いくら犬が好きだといっても、さすがに繋がれていない大きなシェパードが寄ってくるとちょっとビビった。しかし図体は大きくてもやっぱり犬は犬だった。彼は友好のしるしとして尻尾を振って私を見上げ、そして、すっくと立ち上がった。ひえーっと後退《あとずさ》りしたとたん、私は彼の前足でがしっと抱き締められ、ペロペロと耳や顔や首筋をなめられてしまったのである。身長百五十センチそこそこの東洋人の女と、大きなシェパードが公園でひしと抱き合っている姿は相当に面白い光景だったらしく、周りの人々はみんなゲラゲラ笑っている。

「いったい飼い主は誰なのかしら」

きょろきょろ見渡してみると、ハンサムな若い男性が、少し離れて鎖を持って立っていた。

「これがきっかけになって、恋の花が咲くことがあるかもしれない」

と期待して犬と抱き合っていたら、今度はシェパードはあおむけに寝ころんで、「服従します」という意思を表明し、まるでマグロのように地べたに寝たまま、前足をかわいくちぢめて私にお腹さすりを求めたのだった。それを見た飼い主はふふふと笑いながらこちらにむかって歩いてきた。

「きっとお茶へのお誘いくらいあるわ」

しかし彼は地面に寝っころがっている犬を叩き起こし、鎖につないで、

「じゃあね」

というように私に軽く手をあげて帰っていってしまった。犬の私に対する執心ぶりとは違って、飼い主のほうは私に全く興味がなかったようだった。

海外旅行で現地の男性とアバンチュールを楽しむ女性は数多くいるだろうが、世の中広しといえどもスペインまで行って、犬に抱き締められて耳までなめられた女は私くらいのものだろう。外国を知るにはまず手初めとして、その国の女性と寝てみるといいという男性がよくいる。私の場合その窓口は犬である。旅行から帰ってくるたびに、

「次は犬ではなくて、絶対に地元の男性と友好を深めよう」

と心に決めるのだが、残念ながらここ十五年間は、期待は大ハズレで、各国の犬にペロペロされるだけで終わっているのである。

犬のピーター君の話

ピーター君というのは、私が小学校四年のときに引越した家の隣りの飼い犬であった。当時、うちは例年になく金持ちであった。どういうわけか父親のもとには山のような仕事の依頼の電話があり、それで気が大きくなった父親は、

「よし！　でかい家に引越そう！」

と宣言し、コンクリート打ちっぱなしといった当時は相当アバンギャルドな借家を見つけてきて、私たちはムリヤリそこへ移住させられてしまった。

その家は庭も広く、私は庭の隅にプレハブの一軒家を建ててもらって、そこで寝起きしていた。

隣りの家に住んでいたのは松田さんという、両親と三人姉妹の五人家族だった。三人姉妹といっても、長女は三十すぎで広告代理店勤務、次女は大学院、三女は大学生といった、大人ばかりであった。私たちが引越してきたとき、ピーター君はキャンキャンとものすごく吠えたてた。うちと松田さんの家は腰ぐらいの高さの簡単

な生け垣で仕切られているだけで、はっきりいってすべて丸見えだった。ピーター君は後ろ足で立ち上がり、前足を生け垣にのせて疑い深そうな目をして見ていた。

ところがそばに寄っていって、

「キミはピーター君っていうんでしょ」

と頭をなでると、ウォンウォン鳴きながらバサバサと尻尾《しっぽ》をふった。尻尾の先と左の前足だけが白くて、あとは茶色の雑種だった。とりあえず松田さんちの番犬という立場もあり、不審な一家が引越してきたという態度はみせたものの、翌日からはコロッと態度が変わり、耳を垂らしてハタハタと尻尾をふってすり寄ってくるようになった。学校からランドセルをカタカタいわせて帰ってくると、その気配を察知してピーター君は、生け垣の竹が組んであるスキ間から、ズボッと頭だけこっち側に出して、ウォンウォンと鳴いた。松田さんの家は昼間は誰もいなくて、ピーター君は一人ぼっちだった。私たちにかまってもらいたかったらしく、私と弟が庭でボール投げをしていると、生け垣の上に前足をのせて、ボールが飛んでいく方向にあわせてあっち向いたりこっち向いたりした。

「ピーター君も一緒に遊びたい?」

というと、クフンクフンと鼻を鳴らして後ろ足でピョンピョンはねていた。

松田さんの家は夜九時すぎても全然灯《あか》りがつかないこともあった。私はピーター君が気になって仕方なかったが、母親が、

「よその犬なんだから、勝手にエサをあげるわけにはいかないでしょ」

というので、暗いなか、そーっとぬき足、さし足で庭を横切って、生け垣のそばにいった。ところがさすがあっちは動物で、私が近づいていくと、またクフンクフンと甘ったれて鼻を鳴らしているのだった。ピーター君はつまらなそうに犬小屋の中に下半身を入れ、前足をアゴの下で組んでうらめしそうな顔をして私の顔を見上げていた。

「お腹すいちゃったねぇ」

というと、バタバタと犬小屋の中で尻尾をふった。

「お姉ちゃんたち、はやく帰ってくるといいのにねぇ」

といったらまたクフンクフンと鼻を鳴らした。しばらくピーター君とお話ししていたら、突然彼がキリッとして立ち上がり、

「ウォウォーン」

と遠吠えをした。どうしたのかと思ってピーター君がキッとして見ているほうを見ると、松田さんちのおばさんが、大きな紙袋をたくさんかかえて帰ってきた。

「ピーちゃん、ただいま」

とおばさんがいうと、ピーターはちぎれんばかりに尻尾をふりまわし、とってもうれしそうにはねた。私がいくら、

「ピーター君、ピーター君」

と呼んでも、おばさんのほうばっかり見て、私のことをかまってくれないのが悲しかった。

日曜日は松田さんちの人がみんないるので、ピーター君もとてもうれしそうだった。ところが、ある日曜日の朝、

「あーっ、ピーターがいない!!」

というおばさんの声がした。あわててパジャマ姿のまま窓をあけると、いつもいる生け垣のところにピーター君の姿がなかった。

「おばさんたちが、あまりかまってあげないから、ピーター君がいなくなっちゃうんだ」

と思った。おばさんやお姉さんたちは、サンダルばきで出てきて、

「あんたはあっち、私はこっち」

といって、ピーター君を捜しにいったようだった。私も心配でたまらなかったが、

自分ちの犬じゃないので、じっとガマンして家の中にいたが、心臓がドキドキしていた。保健所に連れていかれちゃったらどうしようと思って、家の中をウロウロしていた。

三十分ぐらいしたら、松田さんちのおばさんたちが、

「全くしょうがないわねぇ」

とブツブツいいながら帰ってきた。私はあわててゲタをはいてとび出してみた。するとそこには女四人に囲まれて、うなだれてトボトボ歩いているピーター君の姿があった。

「あっ、ピーター君いたんですか」

というと、おばさんが、

「そうなのよ、ホント、恥ずかしくなっちゃうわ」

といって、ピーター君の鎖を引っぱった。ピーター君は何となくまわりを上目づかいに見まわして、おとなしくしていた。

「あのね、ピーターったらお肉屋さんのお店の前で、ずーっと座ってたんだって。そしてお肉屋さんのおばさんが、コロッケを投げてくれたら喜んじゃって、喜んじ

やって、そこにへたりこんでクンクンやってたの」

と一番上のお姉ちゃんがいった。みんなにバカだの恥ずかしいだのといわれて、家出したピーター君はずっと首をうなだれていた。

「じゃあね」

とピーター君にいっても、チラッと横目でこっちを見て、少し尻尾をふっただけだった。その日は一日中ピーター君は元気がなかった。

そしてそういうことがあっても、松田さんちの人たちは、夜遅くならないと帰ってこなかった。ひどい時はピーター君は鎖をつけたままバタバタと生け垣をよじのぼり、うちの庭に体だけ侵入してきて、すましてうちの犬のふりをしていることもあった。

ふだん家にいないだけでなく、松田さんちはよく家族で旅行に行っていた。そのたびにピーター君にエサをあげにいくのがとっても楽しかった。もらったエサがおいしいと、少し食べては私のほうを見て、バサバサと尻尾をふった。エサを食べているときは単なる駄犬だったが、やはり御主人の留守を守らなければならぬ、という使命を感じるのか、お腹がいっぱいになると、キリッとして前方をにらみつけていた。

ところがまたピーター君は、家出に続いてミソをつけてしまった。その日は朝からパトカーが松田さんちの前にとまったりして騒然としていた。おじさんやおばさんたちも旅行から帰ったばかりの格好をして、みんな眉の間にシワをよせている。

おまわりさんはうちにまでやってきて、

「きのう、隣りの犬の吠える声を聞きませんでしたか」

とたずねた。母は、

「そうねぇ、別に吠えてなかったようですけどねぇ……」

と首をかしげていた。

「実は……空巣《あきす》に入られましてね。犬がいるのにねぇ」

おまわりさんは困ったような顔をして、敬礼をして去っていった。

「またピーター君が怒られる」

そう思って外に出てみると、案の定、犬小屋のまわりには、松田さん一家とおまわりさんが立ち、その真ん中でピーター君は、また首をうなだれてショボリしていた。

「何のために飼ってるかわからないわねぇ」

おばさんはいった。

「どうも、ご近所の話だと全然吠えなかったようですな」

おまわりさんは淡々といった。

「恥ずかしくないのか、食い物でつられるなんて。えっ、こら、ピーちゃんよ」

おじさんも、あきれ果てたようにいった。いったいどうしたのかと、ピーター君のほうに近づいてみると、足元には、犯人がバラまいたとおぼしき、ものすごい量の英字ビスケットが散らばっていたのであった。

ピーター君はその事件以来、松田家の人々からは、食い意地の張ったマヌケ犬という烙印《らくいん》を押されてしまった。ピーター君自身も、二回もミソをつけてしまったのをマズイと思ったらしく、こうなったら無条件にかわいがってくれる人になついてしまおうと、うちのほうばっかり向いて鳴くようになった。いくらクンクンいってもちょっとミソをつけると、マヌケだのボーッとしてるだのいわれるよりは、いつでもピーター君、ピーター君とかわいがってくれるほうがよい、と犬は犬なりに考えたのであろう。それからはずっと生け垣の上に前足をのせたまま、自分の実家には尻《しり》を向けっぱなしで、私たちの姿が見え隠れするたびに、キャンキャン喜んで尻尾をふるのだった。私は、親に隠れてピーター君にハムや鶏の唐揚げをあげた。そのたんびにピーター君は尻尾をふりまわし、優しい目をしてすり寄ってきた。そして食べ終わると私の手をずーっとなめていた。

「おいしかった？」

ときくと、一生けんめい尻尾をふった。よしよし、といって頭をなでるたんびに両方の耳がヘロッと垂れていった。

夏休みになって私たちの姿が一日中見られるようになると、ますますピーター君は興奮した。だんだん大胆になり、姿が見えると、

「グフングフン」

と鳴いて呼ぶようになった。

「はあい、ピーター君、なあに」

と母親が声をかけると、後ろ足でピョンピョンうれしそうに跳躍した。

ダイニングキッチンで晩ごはんを食べていても、私はピーター君にみせびらかしているようで気がひけた。まだ松田さんちは誰も帰っていないようでまっくらだった。半分うわの空《そら》でごはんを食べおわって、テレビでも観ようと廊下を歩いていたら、どうもふだんと様子が違う。何か、人のいる気配がする。うちは、家族が集まっている部屋以外は、灯りを消すことになっていたので、ダイニング以外はまっくら。このあいだ松田さんちが空巣に入られたことも思い出し、私は中腰になりなが

らそーっと歩いていった。しかし、どうも人の息づかいがきこえてくる。闇の中から、突如出刃《でば》包丁《ぼうちょう》をもった男が、とび出してきたらどうしようと、チビリそうになってしまった。私はこらえきれず、

「ねぇ、何かいるみたいだよぉ」

　と母親を呼んだ。

「えーっ。やあねぇ、ホント」

　母親は口をモグモグさせながらやってきた。

「そうねぇ、少し変な気もするわね」

　私は母親のうしろにへばりつき、そろりそろりと歩き出した。

「何かクサイわね」

　母親は鼻をグスグスいわせていった。あたりにホコリっぽいニオイが、ただよっているのであった。そしてそれがだんだん強くなり、汗のニオイまでするようになった。奥の六畳間の前までくるとそのニオイも頂点に達した。

「いい、電気つけるよ」

　母親は小声でいって、廊下にあるスイッチを入れた。ポッと灯りがついた。

「あーっ!!」

私たちは思わず指さして叫んでしまった。何とそこには鎖をひきずったままのピーター君が、ちゃっかり座布団《ざぶとん》の上におすわりしていたのであった。

「あわ、あわあわ」

私たちは、ピーター君に向かって一度にいろんなことをいいかけようとして、あわてふためいてしまった。ピーター君は私たちの姿を見ると、ニッコリ笑ったように耳を垂らして尻尾をふった。

「まぁ、いつ入ってきたの」

母親はいった。ピーター君はそういわれても全く動ぜず、私たちの顔を交互に見上げて、精いっぱいのいいお顔をして、隣人に媚《こ》びているようであった。私たちの騒ぎをききつけて、父親と弟が茶わんを持ったままやってきた。

「あー、座布団の上に座ってるー」

弟がそういうと、ピーター君はみんなが歓迎して出てきてくれたのかと思ったらしく、おもむろにゴロッとあおむけになり、勝手にお腹をむき出して、そこいらへんを背中でズッていき、

「クフン、クフン」

と鼻を鳴らし、流し目をしていた。

「あらー」

私たちはこの態度にあきれて、呆然とピーター君の姿を見ていた。灯りをつけると、廊下には点々と犬の足の裏マークがついていた。ダイニングで私たちがごはんを食べているのに、そこには顔を出さず、まっくらな中をそーっと歩いていって、日本間の座布団の上で黙っておとなしく人が来るのを待っていたのかと思うと、おかしくてたまらなかった。

「ほら、おうちに帰りなさい」

母親がそういって鎖をつかむと、ガバとピーター君は起き上がり、母親の足元にうずくまってしまった。目と目の間にシワをよせて、困ったな、という顔をしていた。

「あなたのおうちはお隣りでしょ」

ピーター君の前足にはだんだん力が入っていった。鎖を引っぱると一生けんめいふんばってそこを動こうとしなかった。あんまりふんばりすぎて、タタミをバリバリとひっかいてしまった。

「あー、タタミが」

母親がひるんだすきに、サッとピーター君は元の位置に戻り、座布団の上にはいつくばって、私は絶対動きません！という意志を示しているのであった。

「すごい根性してるなぁ」

父親はいった。

「そんなことしてもダメ！」

母親はそういって、座布団ごと抱きかかえてピーター君を連れていってしまった。私はそんなことまでしなくてもいいのに、と思った。ピーター君はうらめしそうな顔をして、私のほうをふりかえっていた。

「すみません、ピーター君がうちに遊びに来ていたので、連れてきましたぁ」

隣りから母親の大きな声がきこえてきた。

相変わらずピーター君は、私の家に来たがった。散歩に出かけても、うちが近づくと猛スピードを出し、お姉さんやおじさんをひきずったまま庭にとびこんできた。そのたんびにお姉さんやおじさんは、赤い顔をして、

「まあ、どうもすみません」

とあやまっていたが、ピーター君のほうは胸をはり、私たちに向かって尻尾をふっているのであった。それから三年間、たびたびピーター君は脱走してきた。おばさんたちにたのまれて、私たちが散歩に連れていくと、ピーター君はものすごくは

しゃいだ。ジャリ道だろうがどこだろうがピョンピョンはねまわり、野原でボール投げをするとボールを追って目をつり上げ、必死になるのだった。

しかし私たちはその家を引越さなければならなくなった。

「だめだ……」

という父親のひとことで、今よりもずっと小さい家に引越すハメになった。だんだん世の中の不況のあおりをうけ、仕事の量が減ってきたからであった。同じ町内ではあったがそこから歩いて二十分ほど離れたところで、毎日ピーター君と会うわけにはいかなくなった。

私たちがトラックに荷物を積むのをピーター君はじっと見ていた。生け垣の上にアゴをのせ、ちょっと首をかしげていた。不思議そうな顔をしていた。

「ピーター君、さよならね」

そういって頭をなでると弱々しくペロッと私の手をなめ、そうして犬小屋の中に入ってしまった。

「また遊びに来るからね」

そういうと犬小屋の中でハタハタと尻尾をふっていた。

私もクラブ活動が忙しくなったりして、ピーター君とは会えなかった。たまに時間があいて松田さんちにいっても誰もいなくて、門にカギがかかったままだった。私はワンワン吠えるピーター君の声だけきいて帰ってきた。

ある日学校から帰ると、母親が、

「きょう、スーパーマーケットの前でピーター君に会ったよ」

といった。

「わあーっ、元気だった」

とたずねると、

「それがねぇ……」

といってやたらと暗い。ピーター君は毛に泥がついて真っ黒、目もとろんとしていて、まさに老いぼれたというかんじだったというのである。おまけに尻尾には赤いリボン、背中にはカゴがくくりつけられ、首には荒縄が巻かれ、小さい女の子がそれをグイグイ引っぱると、ヨタヨタと歩いていく始末だったというのだ。母親はその姿を見てカッと頭に血がのぼり、女の子から縄をひったくって、

「この犬どうしたの」

ときくと、女の子は、

「ひろった」

という。ピーター君は鎖もつけないまま町内をウロウロ歩きまわり、この女の子の家の前でへたりこんだらしい。母親はあわれなピーター君をひしとかき抱き、

「この犬はおばちゃんのお友だちが飼っているから、返しにいこうね」

と説得して松田さんちに一緒に返しにいくと、おじさんは、

「もうこの犬は年とっているから好きにさせているんです」

といった。ピーター君はうちの母親の姿を見ても、ちょっと尻尾をふっただけで、

「ボクはどうなってもいいや」

というそぶりだったという。

「かわいそうに」

私たちはブリブリと怒った。いっそピーター君をひきとろうかとも思ったが、今住んでいるこの家では、その庭すらなかったのである。それからもたびたび、小さい子のおもちゃになっているピーター君を見かけた。そのたびに母親は、ピーター君をいじめている子供をドナリつけ、松田さんちに連れていった。そのたびに、松田さんちの人は、

「あらー、またお世話になったの」

というだけだった。それから半年ぐらいたって、道でバッタリ松田さんちのおば

さんと会った。二番目のお姉さんの子供を抱いてニコニコしていた。

「ピーター君、元気ですか」

私がきくとおばさんは、

「あっ、ピーター君はね、死んだのよ」

と赤ちゃんをあやしながらいった。

「もう年とってボケちゃってねぇ。朝、犬小屋の中を見たら死んでたの」

私はピーター君がかわいそうだった。大人ばかりの中で、遊びたかったのに誰も遊んでくれる人がいなかった。どうして大人はいつまでも犬と遊ばないのだろうかと、とっても悲しくなってしまったのだった。

二重猫格

私は引っ越しをすると必ず、近所で飼われている猫をチェックすることにしている。アパートでは動物を飼うことを禁じられているため、よそのうちの猫と親交を深めようという魂胆なのだ。幸いまわりは古くからの住宅地でちゃんと庭もある家が多く、猫を捜すのには全く苦労しない。ちょっと歩けば必ずうろうろしている猫の五、六匹に会える。自らすすんで通りをいく人々に声をかけている猫がいるかと思うと、おびえてすぐ生け垣の中に隠れてしまうのもいる。逃げたと思って通りすぎようとするものの、何となく視線を感じるので、ふりかえってみると、さきほどの猫が上目づかいにして、私のことを、じーっと見ていたりする。そのほか、家の内で飼われているために、外の景色に慣れていない、アメリカン・ショートヘアなどが、呆然と道にへたりこんでいることもあるのだ。そして最近では、おなじみさんになった猫も何匹かできたのである。

あるとき、散歩をしていたら十メートルほど離れた日だまりに、緑色の首輪をした茶色いオス猫が突っ伏していた。前足も後ろ足もビローンと伸びきっている。

「車に轢《ひ》かれちゃったのかしら」

と、じっと見ているとかすかに息をしている気配もある。

「もしかしたら轢き逃げされて、瀕死《ひんし》の状態なのかもしれない。それだったら獣医さんに連れていかなきゃまずいだろうし……どうしよう」

おそるおそる近づいていっても、相変わらずベタッと地べたにはりついたままだ。だけど間違いなく息はしている。こりゃあえらいことだと猫を抱きかかえようとしたとたん、道端の古い木造家屋からよたよたとおじいさんが出てきた。そして困り半分、嬉しさ半分といった感じで笑いながら、

「ゴンちゃん、またそんなことしてるの。みんながびっくりするから早く家の中に入りなさい」

と猫に声をかけた。するといままで瀕死の体《てい》だったはずのゴンちゃんは、

「ニャー」

と返事をしたかと思うと、むっくり起き上がって平然と家の中に入っていってしまったのである。

「あの子はねえ、いつもああいうことをしてるんですよ。歩いてる人がみんな死ん

でるんじゃないかとびっくりしちゃってね。何でかわからないんだけど、道路にはいつくばるのが好きなんだよ」

おじいさんはとっても嬉しそうにいった。もしかしたらゴンちゃんは内心、

（へへへ、また一人だまくらかしてやった）

と、ほくそえんでいるのかもしれない。それから私は何度もゴンちゃんが道路に突っ伏しているのを見た。私は事情を知っているから、ぷっと笑いながら見ているけれど、子供を前と後ろに乗せてのんびり自転車をこいでいるおかあさんなどは、

「キャー、猫が死んでるぅ」

といいながら、倒れ伏すゴンちゃんの横をすさまじい勢いで疾走していったりする。女子学生が、

「生きてるのかしら、死んでるのかしら」

といいながら遠巻きにしているのに、ゴンちゃんは微動だにしない。彼らが去ってから、

「またやってるの」

と、ゴンちゃんに声をかけると、彼はそのままの体勢で、

「ニャー」

と返事をする。ただただ道路上の轢死体《れきしたい》と化すことに執念を燃やしているのである。もう一匹のおなじみさんもオスである。これは私が勝手に「ブタ夫」と名づけた。体も顔もコロコロとしていて、見るからにふてぶてしいグレーと黒のキジトラである。この猫は私が声をかけるより先に寄ってきた。寄ってきたといってもゴロゴロと甘えてきたのではなく、引っ越し当日に、

「何だ、こいつは」

というふうに、一メートル離れたところからじっと見ていたのだ。いままでの経験からいうと、

「やあ」

と挨拶すると、興味を示した猫は何か声を発するか、尻尾を動かすものなのだが、彼は無表情のままで私の顔を見上げている。

「あんた、どこの猫?」

そういっても、ふんと横を向いて首筋を掻《か》いたりしていた。最初の出会いのときは何のコミュニケーションも持てなかったが、それからほとんど毎日彼と会うので、とりあえず名前くらいはつけようと、その風体《ふうてい》から「ブタ夫」と命名したのである。

ブタ夫は向かいの大きな家で飼われていた。立派な門のなかの陽の当たる場所に、

みかん箱のベッドを置いてもらい、大股を開いて箱の中でドデーッと寝ている。たまに口が半開きになっていることもある。飼い猫特有の無防備さである。

「おい、ブタ夫」

小さい声で呼ぶと、耳だけがピクッと動く。

「そんな格好で寝てると襲われるぞ」

そういうと後ろ足をピクピク動かしたりする。だけど絶対起きない。電車の中で背広をきちんと着たおじさんがよだれをたらして寝ていることがあるが、それとよく似た光景である。私がしつこく声をかけるので、少しは興味をもったのか、それからブタ夫は私が彼に気がつかないと、自分の方から声をかけるようになった。それが地の底から湧いてくるような、

「ブニャー」

という押しつぶした憎たらしい声である。それも門柱に寄りかかってパンダ座りをしながらである。まるで、

「おい、おまえ、元気かよお」といわれているようなのだ。

「何だ、ブタ夫」

というと、彼はもう一度、「ブニャー」という。いつもただそれだけだ。足もと

に来て愛想をふりまくわけでもなし逃げるわけでもなし、ちょっとかまってやるかという雰囲気なのである。

猫をかまっていると彼が人の家で飼われていることをついつい忘れてしまう。ブタ夫、ブタ夫と私が話しかけていたら、突然、窓が開いた。そして品のいい老婦人が顔をだし、

「どうしたの、チャーリー」

などとのたまった。

(こいつ、チャーリーなんていうハイカラな名前だったのか)

ブタ夫ことチャーリーは、飼い主が顔を見せるや、どこをどうすればでるのかと思うくらいの可愛い声で、

「ニャーン」

と鳴いて、尻尾を振りながら家の中に入っていった。幸い老婦人は私には気がつかなかったようで、私は中腰になってそそくさと帰ってきた。いくら彼がチャーリーでも、私にとっては、ブタ夫である。しかしいくら私のことを「ブニャー」と呼んでかまってくれても、御飯をくれる飼い主とはしっかり差をつけているのを知ったとき、私はちょっぴり淋しくなってくるのである。

うずまき猫の行方

飼っていた動物が忽然《こつぜん》と姿を消してしまうのはとても悲しいことである。去年の夏のことだったが、町内のいたるところに一夜にしてすごい枚数の張り紙が出現したことがあった。電信柱、塀、銭湯やスーパーマーケット、コンビニエンス・ストアの入り口にまで、人が集まると思われる場所全部にその紙は貼られていた。いったいなんだろうとそばに寄ってみると、それは、

「うちのチビちゃんをさがしてください」

という、失踪《しっそう》した猫捜しの紙だった。週刊誌を開いたくらいの大きさの紙には、子供の手による、お腹の部分に大きなうずまき模様があるチビちゃんの似顔絵が描いてあった。そして絵の下には、

「おなかのところの、うずまきもようがとくちょうです」

と添え書きがしてあった。連絡先などとともに、

「みつけてくださったかたには、おれいをします!」

と書いてあるところが泣かせる。きっと散歩かなんかにいっているのだろうと思っていたチビちゃんが、いつまでたっても帰ってこないので、飼い主一家が真っ青になって町内に張り紙をしたに違いない。子供が半泣きになりながら一所懸命チビちゃんの似顔絵を描いたのかと思うと、自分には関係ないことながら、

「無事に帰ってくればいいのに」

と何となく気になっていたのだ。

それから一か月のあいだ、この「うずまき猫」のことが、あちらこちらで話題になっていた。顔見知りの毛糸屋さんは、

「うずまき猫の張り紙見た？　あれだけ特徴があればすぐわかりそうなのにね」

といい、魚屋のおばさんは、

「あたしも気をつけてるんだけどねえ。似てるのはよく見るけど、お腹にうずまきがないんだよ」

と悔しそうにいった。なかには、

「ねえ、ねえ、御礼っていったいなんだろうね」

などとうずまき猫の行方を心配するより、何がもらえるかを楽しみにしている不謹慎な人もいた。人それぞれであったが、とりあえずあの張り紙は町内の人々に

「うずまき猫のチビがいなくなった」という事実を知らしめるのには成功したのである。

猫を飼っていると、いつも行方不明の恐怖と背中合わせである。私の家でもトラというメス猫が一日でも帰ってこないと、何かあったんじゃないかと気を揉《も》んだものだ。「大丈夫」と信じながらも「もしや……」という不吉な思いも捨て切れない。寝る気にもなれずに悶々《もんもん》としているところへ、

「フニャー」

と、間抜けた声で鳴きながら帰ってくると、

「ああ、よかった」

と心底ホッとする。しかしそのあとだんだん腹が立って、張り倒したくなってくるのだ。連絡もなく外泊するというふしだらが許せない質《たち》の母親はそのたびに激怒し、トラを目の前にきちんとお座りさせて、

「どこをほっつき歩いていたの！　みんなが心配したのよ。そんな子は許しませんよ」

とお説教した。ちゃんと帰ると思って、私たちが御飯を作ってあげているのだから、その苦労を考えろ。それに夜遅くまで、ほっつき歩いていると、猫さらいにさ

らわれて三味線にされちゃうんだからと、トラががっくりするようなことばを並べたてた。それにトラはじっとうつむいて耐えていたのだ。

「何かいいたいことがあったら、いってみなさい！」

トラは上目遣いにして小さなかすれ声で、

「ミャー」

と鳴いた。

「まあまあ、トラにはトラの理由があるんだから」

と、私と弟がとりなして、一件落着するのだが自分でそういったのにもかかわらず、猫がいなくなる理由は、私には当然わからなかったわけである。

それから七、八年たって、トラも歳をとって、寝てばかりいるようになった。それなのにまた姿を消した。母親はそのときは怒らず、

「猫は飼い主に自分の死ぬ姿を見せないから、きっと死ぬ場所を捜しにいったのよ」

といった。二日後にトラは夜中に帰ってきたが、きちんとお座りしたまま、じーっとしていた。私たちが水を飲ませてやりながら、

「トラちゃん、元気でね」

などというのを聞いていたが、十分程してすっと立ち上がるとどこかに行ってしまった。それ以来、家には戻ってくることはなかったのだった。

友だちの飼い猫のなかにも、まだ寿命ではないはずなのに行方不明になったまま、いつまでたっても帰ってこないのがたくさんいる。知り合いの男性は、三日間帰ってこない猫を、

「長介、長介」

と名を呼びながら町内を捜しまわった。それを見て最初は、

「長介だって。変なの」

と笑って見ていた小学生も、しまいには、

「僕たちも捜してあげる」

といって、一緒に公園や野原に行って「長介」と連呼してくれた。しかし長介は八年たった今でも戻っていないのだ。

「いったい猫はどこに行くんでしょうね」

と、ある女性にこの話をしたことがある。すると彼女は、子供の頃にお婆さんから、

「忽然と姿を消した猫は、みんな木曾の御岳に登って修行をしている」

という話を聞いたといった。日常の行い、立居振舞いに関して「自分は未熟だ」と反省した猫は、悟りをひらくまで御岳を下りないのだそうである。

「だからあなたの家の猫も、お友だちの猫も死んだのじゃないわよ」

と慰めてくれたのだが、きっと昔の人はかわいがっていた猫がいなくなったとき、そういういい伝えを信じて、ショックに耐えていたのだろうと思う。

うちのトラは未だに家に帰って来ないから、まだまだ修行に励んでいるようだが、例のうずまき猫は修行を終えて、二か月後、帰ってきた。そのとき捜索願いが貼られたところと同じ場所に、

「うちのチビがもどりました。ありがとうございました」

という張り紙が貼られ、町内の人々はまたしばらくの間、「うずまき猫無事帰宅」の話題に花を咲かせたのである。

「きたな通り」、「きれい通り」の猫たち

私の住んでいる地域は、昔ながらの静かな住宅地で、マンションが立ち並んでいるような場所ではない。一戸建ての家が多く、犬や猫を飼っているお宅も相当数ある。その逆に猫を嫌い、ペットボトルに水を入れて、ずらっと並べている家もある。しかし猫のほうはそんなことなど全く関係なく、塀の上にまで置いてあるペットボトルの隙間で、気持ちよさそうに寝ていたりするのだ。

隣に住んでいるビーの飼い主であるモリタさんと、私が名付けた「きたな通り」、「きれい通り」という路地がある。「きたな通り」というのは、毛が汚れていて、迫力満点なのら猫がいる通りで、「きれい通り」というのはまるで飼い猫のように、きれいなのら猫がいる路地である。

「きたな通り」には世話役のおじいちゃんとおばあちゃん夫婦がいる。アパートを何軒か所有している大家さんなのだが、いつも猫たちはおじいちゃんの家の周辺をうろうろしているのだ。

朝、おじいちゃんの家の横にある集積場にゴミを捨てに行くと、おじいちゃんとおばあちゃんは、七匹の猫に餌をやっている。どの猫も尻尾はぴんぴんに立っていて、二人の脚に体をこすりつけ、ごろごろと喉を鳴らしている。そして夕方になると、三々五々おじいちゃんの家のガレージに集まってきて、晩御飯を待っているようなのである。

そこに集まっている猫は見事に「きたな系」だ。キジトラ、茶トラ、黒白のぶちなど、典型的な和猫ばかりだが、どの猫もむすっとしている。むすっとしているうえに、どことなく毛が薄汚れている。おじいちゃんたちには、とても愛想がいいのだが、私が声をかけても冷たい対応しかしてくれないのだ。

私がのら猫に話しかけたりすると、たいていは、すり寄ってきたり、鳴いたりする。そこまではしなくても、

「ん？」

というような素振りでこっちを見ていたりする。ところが「きたな通り」の猫たちは、筋金入りの愛想の悪さで、またそれがかわいい。キジトラがガレージの車の上で、うーんと伸びをしているので、

「どう、元気？」

と声をかけると、こちらを振り返った。ところがその目つきが、

「何だ、お前はよ」

というような目つきで、私は思わず笑ってしまった。その話をモリタさんにすると、

「そうなのよ。あそこの子たちは、本当に無愛想なのよ。私も声をかけたら、『ふんっ』っていうような顔をされたわ」

といって笑っていた。その七匹の猫たちは、それぞれのテリトリーを守りつつ、仲良くやっているようで、騒動を起こしているのを見たことはない。その点、猫なりに決まりがあるようなのだ。

その無愛想猫たちのなかで、モリタさんのいちばんのお気に入りが、「きたなマスク」と我々が名付けたオス猫である。白と黒のぶちで、顔面にアイマスクをつけたような黒い柄がある。体は大きいのだが、見ていると気がよすぎて、ボスになれないようなのだ。自分より体が小さい茶トラやキジトラに遠慮をして、おじいちゃんたちが餌を並べはじめても、食べに行かない。みんながもらったのを見届けて、

「それじゃ、おれも」

といった感じで、余った発泡スチロールのお皿に歩み寄っていく。そして車の上

でキジトラが、がーっと寝ているのに割り込みもせず、自分はおじいちゃんの家の門柱の陰で、揃えた両前脚の上に顎をのせて、くーっと寝ているのだ。

モリタさんは彼が大好きなものだから、

「おーい、きたなマスク」

と声をかける。すると彼はちらっとこちらを見て、そのまま立ち止まってしまう。

「ねえ、何やってんの」

といっても、知らんぷりをしてそっぽを向いている。

「あらー、愛想がないのね」

しかしモリタさんが声をかけるたびに、短い尻尾がぴんと立つのである。話しかけられるのはうれしいが、すり寄るのはちょっとと思っているらしい。生まれたときは真っ白だった地の部分も、ほとんどグレーになっているのだが、憎めない雰囲気を漂わせている。いつも路地のいちばんはじっこを、遠慮がちに歩いているのもかわいい。きたなマスクの姿が見えないと、そのたびにモリタさんは、

「何かあったのかしら」

と心配するのだ。

一方、「きれい通り」にいるのは、親子三代である。こちらの世話役はオオガワ

ラさんという中年の夫婦である。オオガワラさんの家にはビーと同じ、トンキニーズのメスがいる。一度、家の前で交通事故に遭ってから外に出なくなり、ずっと家の中にいるのだといっていた。ある日、オオガワラさんの奥さんがでかけようと外に出ると、ドアの横に二匹の猫が座っていた。一匹は顔なじみの、このへんのボスである、チャーちゃんという八歳の茶トラのオス猫だった。チャーちゃんは顔もきりりと引き締まり、見るからに賢そうな猫だ。そのチャーちゃんが連れてきたのは、真っ黒い毛並みのきれいなメス猫だった。あまりにきれいなので、飼い猫がたまたま遊びに来たんだろうと思っていた。ところが黒猫は、翌日もドアの横にいる。もしかしたらと思って、餌をやってみたら、がつがつと食べた。それから黒猫はオオガワラさんの家に毎日やってくるようになり、クロちゃんと名前を付けて、外猫としてかわいがることになったのである。

「きっとチャーちゃんが、自分の彼女をよろしくって連れてきたんだと思うの」

とてもおっとりしているオオガワラさんは、そういっていたが、チャーちゃんはどの家に自分の彼女をまかせれば大丈夫か、ちゃんと考えていたのかもしれない。

ところがオオガワラさんの家の向かいの家は、猫が大嫌いである。のら猫が子供を生むと、すぐに保健所に持っていくので、近所の猫好きの人々に、

「あの家に猫を近づけると、保健所に連れていかれる」

と恐れられていた。家の前でうろうろしていて、クロちゃんが保健所に連れていかれては大変と、塀の内側のスペースに段ボールハウスを造ってやった。見せてもらったことがあるが、中にきれいなタオルが敷いてあって風通しもよく、快適そうにみえた。そして二、三日たって、何気なく段ボールハウスを見たら、雨よけのシートが外側に貼ってあるうえに、中におもちゃも入れてある。またその次の日には、段ボールハウスがもうひとつ増えて広くなり、徐々にグレードアップしていた。

「チャーちゃんが泊まりにきたときに、箱がひとつだと狭いと思って」

オオガワラさんは相変わらずおっとりと話していた。

そのうちクロちゃんのお腹が大きくなり、三匹の仔猫を生んだが、そのうちの一匹しか育たなかった。この子も白地にアイマスクをつけたようなマスク柄だったが、本当にかわいらしくきれいな、「きれいマスク」だった。ずっと外にいるというのに、白い部分は汚れていない。ひと目見て誰ものら猫とは思わないほどの、美猫だったのである。クロちゃんとマスクちゃんが並んでいると、通りがかりの学生さんやカップルが、

「わあ、かわいい」

と足をとめた。いつもそこにいるのがわかっているので、若いカップルが餌を持ってきて、クロちゃんたちにあげることもあった。もちろんオオガワラさんが面倒を見ていたのであるが、それを知ったモリタさんが、餌を供出することにした。ビーは好き嫌いが激しく、長い間食べていた餌でも、飽きると食べないし、かといって新しく買ってきても匂いをかいで気に入らないとそっぽを向くので、そういう餌をクロちゃんたちのためにあげたのである。

ところがやはり向かいの家からクレームがきた。猫も殺気を感じているのか、その家のほうには寄りつかず、塀の中の段ボールハウス周辺にいるのだが、ドアの横とか前の路地で遊んでいることもある。それすら気に入らないらしいのだ。

「お宅が餌をやるからだ」

と文句をいわれる。それはそうだが、猫だって好きでのらになったわけではない。捨てた人間がどこかにいる。お腹がいっぱいだったら、ゴミをあさることもないだろうという考えで、オオガワラさんは餌をやり続けていたのだ。餌を散らかしたらすぐ掃除をし、匂いや汚れがつかないように、オオガワラさんはきちんと路地を掃除していた。向かいの家も、実害はないものだから、一度、文句をいっただけで、黙認といった具合になっていたのである。

そして一年ほどたって、今度はマスクちゃんが三匹の子供を生んだ。黒、茶、マスクの柄だった。一気に「きれい通り」は五匹に増えてしまった。オオガワラさんの話によると、マスクちゃんの相手は父親のチャーちゃんだったらしく、オオガワラさんは、

「人間と違って、猫はそういう節操はないのかしら。困ったわ」

と真顔で心配していた。そんな心配をよそに、三匹の子供たちはすくすくと育ち、どの子も顔がかわいらしくて、路地を通る猫好きの人々のアイドルになっていた。

しかし問題が起きた。また頭数が増えたことに、向かいの家がクレームをつけたのである。オオガワラさんのほうも、二匹なら目が届くが、五匹になると自信がない。おまけにマスクちゃんが生んだのは三匹ともオスで、行動範囲も広くなるだろう。今生まれた子はどうしようもないが、これは何とかしなければと、アリヅカさんが相談を受けたのだった。相談をした結果、クロちゃんとマスクちゃんに、避妊手術を受けさせることにし、私たちもお金を出すことにしたのである。

実は私たちはそのことに関しては、複雑な思いがあった。私は実家で猫を飼っていて、一時期、十三匹いたこともある。自分の家の猫に手術をさせたことがないのに、のら猫に手術をさせるというのは、自分で納得がいかないことではあったが、

オオガワラさんの立場も考えると、やはり手術をするしかないと思われた。入院させなければならないので、病院にはオオガワラさん夫妻が連れていき、アリヅカさんと私とオオガワラさんの奥さんが、引き取りに行くことになった。心配していたのだが、思いのほか術後のクロちゃんとマスクちゃんは元気で、「きれい通り」に戻ったとたん、三匹の仔猫はわーっと寄ってきた。見たところは何の問題もなさそうだったが、私は、

(人間の勝手でこんなことをしたら、ばちがあたる)

とつぶやいた。そしてオオガワラさんが向かいの家に、

「手術をしましたから」

というと、納得して文句は出なくなった。

近所にはもう一人、ノノヤマさんというチョコボールみたいなおばさんがいる。日焼けをしていて肌がつやつやで、それで腰の低い人なのである。ノノヤマさんの家でものら猫を世話していた。通称、モップと呼ばれている白猫も、ノノヤマさんの管轄内にいた。モップはペルシャ猫の血が入っているのか長毛だった。ところが歳をとっているので、毛はぼそぼそになり、まるで使い古したモップそっくりなので、そう呼んでいた。そしてモップの他にも三匹の猫の面倒を見ていて、私はきち

んと家の近所を掃除する、ノノヤマさんの姿を何度も目撃していた。

　ある夏の日の深夜、アリヅカさん、モリタさんと私がオオガワラさんの家の前の「きれい通り」を歩いていたら、どういうわけだか「きれい通り」の猫たちが、たむろしている。

「あら、どうしたの」

　とびっくりしていると、猫たちは私たちの背後に目をやりながら、にゃあにゃあと鳴きはじめた。何だろうかと振り返ると、そこには自転車にまたがった、チョコボール・ノノヤマがいたのである。ノノヤマさんは、自転車の前と後ろに、山のような荷物を積んでいて、

「はいはい、ちょっと待っててね」

　といい、自転車から降りた。猫たちの目は輝いている。

「こんばんは」

　私たち三人が挨拶をすると、

「こんばんは」

　といつもの腰の低いノノヤマさんになった。ところが次の瞬間、荷台のビニール袋から、何かをむんずとわしづかみにしたかと思ったら、それをぶんぶんと投げは

じめた。びっくりして見ていると、猫たちは、

「うにゃうにゃ」

と鳴きながらむさぼり食っている。それは竹輪であった。それもそれぞれの猫が食べ終わるのを待って、的確に猫の足元にびしっと投げる。ものすごい技である。チョコボール・ノノヤマは、「必殺竹輪投げ」の名人だったのである。

あっけにとられている私たちの前をうろうろする影がある。ふと見るとそれは「きたな通り」所属の、きたなマスクだった。

「あら、あんたも来たのね。はいよっ」

ノノヤマさんはこれまた的確に、きたなマスクの足元に、ぴゅっと竹輪を投げた。きたなマスクは喜んで竹輪を食べている。

「こっちまで来てるの？」

モリタさんが話しかけても、きたなマスクは竹輪に神経が集中していて、知らんぷりである。

「そうなの。この子はね、こっちでも食べて、おじいちゃんのところでも食べるのよ。こっちに出張してくるの」

そうノノヤマさんはいった。「きたな通り」であまりに遠慮しすぎてお腹がすく

のか、きたなマスクは、三本の竹輪を食べて、口のまわりをぺろぺろとなめて、すっと姿を消した。「きれい通り」の猫たちも、前足で顔を撫でたりして、満足したようだった。

「毎日、まわってるんですか」

アリヅカさんが聞くと、

「そうなの。公園もね」

公園にもたくさんの、のら猫がいるのだ。

「だいたいね、のら猫に餌をやっちゃいけないなんていう人もいるけどね、こういう猫を作ったのは人間なんだからね。とやかくいわれる筋合いはないわっ」

猫嫌いの家の前で、ノノヤマさんが大声でいい放った。日頃の腰の低いノノヤマさんからは想像もできないくらい、ぱきぱきとした姿であった。

「ずいぶん、時間がかかるでしょうねえ」

モリタさんがいうと、

「そうね、一時間以上かかるわね。でも、みんなが待ってるから」

「雨の日はどうするんですか」

「行くわよ。台風のときもね！」

そういった彼女は腕時計を見て、

「そろそろ行かなくちゃ。では失礼」

といって、自転車をこいでいってしまった。どこまでもぱきぱきとした、チョコボール・ノノヤマであった。

クロちゃんとマスクちゃんが手術をしたものだから、「きれい通り」にはメスの機能を持った猫はいなくなってしまった。ある日、オオガワラさんが、五匹の猫と遊んでいると、チャーちゃんがふらりとやってきた。クロちゃんとマスクちゃんを見て、すり寄っていった。しかし二匹は嫌がって逃げた。それを見たチャーちゃんは、目を丸くして、

「何でだ！」

という顔をしていたという。しばらく家を留守にして戻ってきたら、母娘して自分をないがしろにする。それはチャーちゃんはびっくりしたことだろうと思う。しばらく追いかけていたが、二匹が逃げるばかりなので、チャーちゃんは、納得がいかない顔で、餌を食べていたという。猫の人生というか猫生にも、いろいろなことが起きるのである。

かわいがってもらっているといっても、「きれい通り」の猫も、「きたな通り」の

猫も、のらには変わりがない。雨風は何とかよけられるといっても、家の中にいるのとはわけが違う。モリタさんはビーに、

「外の猫たちは大変なんだよ。あんたは当たり前のように、雨が降っても風が吹いても、家の中でぼーっとしていればいいけど、御飯だって、選り好みなんかできないんだよ」

という。でもビーは知らんぷりである。

ある夜、モリタさんはビーを抱っこして、「きれい通り」に行った。オオガワラさんが餌をやっているところだった。

「ほら、こんにちはって挨拶したら」

ところがビーは絶対に彼らのほうを見ようとしない。顔を近づけさせようとすると、ぐいっと顔をそむけて、見ないようにする。クロちゃんたちのほうも、ビーをちらっと見たが、何の関心も示さない。

「みんなに、『おじちゃんのくせに、甘ったれてらあ』って思われたよ」

家に帰ってモリタさんにそういわれたビーは、聞こえないふりをしていた。「きたな通り」に行ったときなどは、モリタさんの体にしがみついて、必死の形相だったという。それからは、

「さあ、外の猫さんに会いに行こうか」

と声をかけると、ビーはあわてて走って逃げるようになってしまった。のら猫と飼い猫とどちらが幸せかは、猫に聞いてみないとわからない。そして両者の間には、猫なりのとっても深い溝があるみたいなのである。

猫には猫のジンセイが

隣町の広い道路沿いに、猫だまりがある。裏手には大きな公園もあり、のら猫たちにはとても居心地がよさそうである。そこでは餌ももらえ、置いてあるいくつかの器はいつも空になっている。そしてきれいに掃除されていて、食べ物が散らかっていることはない。ぶち系、トラ系などの何家族かが生活していて、仲よく餌を分け合っているらしいのだ。

そこにいる猫たちは、いくら話しかけても、絶対に、

「にゃー」

と鳴かない。ある本を読んだら、人間が声をかけて、

「にゃー」

と返事をする猫は、一度は人間に飼われたことがあり、生まれながらののら猫は、鳴くことがないと書いてあった。いくら話しかけても、絶対に鳴かない猫もいれば、愛想よく、にゃーにゃー鳴くのもいる。こういう違いがあったのかと、私は深く納

得したのである。

猫だまりの猫は、話しかけてもただじーっとしているだけ。そこにあるベンチに座ったホームレスの男性が、御飯を分けてやっているときは、四方八方から、尻尾をぴんと立てて、わらわらと集まってきていたが、餌をくれる様子もない私には、愛想をふりまいてもしょうがないと思っていたのだろう。その男性に対しては、足元にすり寄り、膝に乗らんばかりにして、ねだっていた。その他にも、二、三人の男性や女性が餌を置いているのを見たし、掃除をしているのも見た。なるべく周囲に迷惑がかからないように気を遣っているのだ。

猫だまりの近くに、ちょうど袋小路になっている場所がある。人の出入りはほとんどないし、車も通らない。そこにも器が置いてあるところを見ると、ここでものらたちは御飯にありつけるようである。ある日、いつもの猫だまりに猫が一匹もいなかったので、私は何だかつまらなくなって、袋小路をのぞいてみた。足を踏み入れて逃げられると悲しいので、ちょっと道路からのぞいてみるだけだ。

「猫はいるかしら」

と思いながら、そこに行ってみたら、いるわいるわ、ざっと見て、十四以上が集まっていた。それも母子で集まっていたのである。

数匹の仔猫がひとかたまりになって、じゃれ合っている。そこから少し離れたところで、のんびりと横になりながら、母猫が三匹固まっている。仔猫たちは仔猫同士で遊ぶのに飽きると、今度は母猫のところにたーっと走っていって、とびつく。すると母猫は尻尾で遊ばせたりして、のどかな光景が繰り広げられていたのであった。

人間には公園デビューというのがあるそうだ。同じ年頃の子供を持った若い母親が自然に集まって、話をしたり情報交換の場になっている。それが楽しみでもあり、みんなとうまくやっていけるかどうか心配になったり、また先にいたお母さんたちとうまくいかずにいじめられたりして、ノイローゼになるお母さんもいると聞く。私が見た光景は、お母さんへも仔猫へもいじめがない、平和な猫の姿だった。仔猫たちは安心しきって遊んでいる。母猫は三匹が仲よく寄り添い、幸せという雰囲気が漂っていた。

猫の母親同士が話し合って袋小路に連れてきたのか、それとも偶然、仔猫を遊ばせるんだったら、あそこが安全だとみんなが思って、そこでかち合ってしまったのかはわからない。が、そこでちゃんと仔猫に社会というものを学ばせている。他のところの仔猫と遊び、じゃれさせる。母猫の教育はちゃんとなされているのであった。私はしばらく、その光景が頭から離れなかった。いまだにそのときのことを思い出すと、ほっぺたがゆるむ。どの猫も元気に大きくなってほしいと思うばかりである。

そしてまた別の日、袋小路をのぞくと、また別の光景が繰り広げられていた。そこにいたのは、三匹のオス猫だった。生粋ののら猫らしく、毛もばりばりで汚れ具合も気合いが入っている。よく見ると、器に餌がてんこ盛りになっていて、餌をもらったばかりらしい。普通は、餌を中心に、猫が放射状になって食べるのではないかと思っていたが、何とその猫たちは、一列にきちんと並んで、餌の順番を待っていたのである。最初に餌を食べていたのは、黒地の多い黒ぶちの体の大きな猫だった。大きな口を開けて、がつがつという感じで、餌をむさぼっている。そしてその黒ぶちから、三十センチほど離れて、きちんとお座りしているのが、茶トラだった。茶トラは黒ぶちのことを気にしたり、背後からのぞきこんだりなどということはせず、ただじっと黒ぶちの背中を見ながら、座っている。そして茶トラの後ろにいるのが、白地の多い白ぶちだった。白もあたりを気にすることもなく、じっと茶トラの背中を見て、きちんとお座りしている。三匹の猫はちゃんと三十センチの距離を保って、順番を待っているのであった。

私は思わず笑ってしまった。声をたてて驚かしてはいけないので、ぐっと我慢をしたが、あんなに面白い光景には出くわしたことがない。きっと三匹のなかの力関係で、食べる順番は決まっているのだろう。となると、他の二匹から餌を譲ってもらった黒ぶちは、このあたりのボスということになるのだろうか。サルでも何でもボスはいちばん強いというのはわかるが、後ろの二匹がよくおとなしく並んでいると私は感心した。順位が決まっているんだったら、わざわざちゃんと一列に並ばなくても、近所の塀の上とか、階段の下とかで待機していればいいのに、まるで配給をもらうようにおとなしく並んでいるのが、とてもかわいかった。こういう決定的瞬間が見られるから、猫だまり巡りはやめられないのだ。

「きたな通り」の猫たちもみな元気である。世話係のおじいちゃん、おばあちゃん、最近では息子さんも姿を見せて、猫たちに餌をふるまっている。

「いつも大変ですねえ」

おばあちゃんに声をかけたら、

「ええ、まあ、でもねえ、こうやって来てくれるからねえ」

と目を細めている。猫たちを見てみると、数が増えている。ちゃっかりした、赤い首輪の飼い猫のほくろちゃんも参加していた。あれだけのら猫に嫌がられていたが、どうやら参加を認めてもらったらしい。

「前よりも数が増えてませんか」

「そうなんですよ。なんだか飼い猫も二、三匹、来るようになっちゃって。どこで聞いたのか知らないけど。そしてあっちにいる、お腹が白くて、灰色と白の縞のがいるでしょう。あの子はあそこのお宅で飼われていたんですよ」

と通りの端っこにある家を指さした。

「あそこのお宅には、おじいちゃんとおばあちゃんが住んでいて、あの子をまるで孫みたいにかわいがっていたの。でもこの間、おばあちゃんが亡くなられたら、すぐおじいちゃんも後を追うように亡くなられてね。猫が残されちゃったんですよ。息子さんがいらしたんですけど、猫は嫌いだっていって、『申し訳ありませんが、お宅で面倒を見てもらえませんか』っていって、うちに預けていったのね。それはよかったんだけど、かわいがられていたもんだから、あの子は白身のお刺身しか食べないの。赤身はだめなのよ。だから、私たちは食べなくても、あの子だけには毎日、白身のお刺身を買うの。特別扱いなのよ。お金がかかって困っちゃうわ」

そういっておばあちゃんは笑っていた。その猫は自分用の刺身を平らげ、満足そうに前足で顔をなでまわしていた。

「のらだけじゃなくて、飼い猫もいるから大変ですよねえ」

「自分の家でも食べられるのにね。そんなによその家でも食べていたら、どんどん太ると思うんだけど。のらと同じくらい食べるのよ」

おばあちゃんは、けらけらと笑っていて、全然気にしていないようだった。

餌をもらっている猫たちは、ただただ餌に神経を集中している。散歩をしている犬が通っても、全く気にしない。ただ餌を食べ続けるだけである。そしてそれを見た近所の飼い猫がうろちょろしている。とても気になるらしくて、塀の上から見下ろして、そっと様子をうかがっているのがわかる。食べ物は豊富にあるから、食べ物をめぐって致命的なダメージを与えるような喧嘩にはならない。ただ、好奇心が強いから、

「どんな物を食べているのか」

と知りたかったのに違いない。そしていい匂いがして、自分がもらっているよりもいい餌だと判断したら、ちゃっかりと末席についてしまうかもしれない。そういう調子のよさも猫にはある。

「ご苦労さまです」

頭を下げて帰ろうとすると、おばあちゃんは、

「いいえ。どういたしまして、のんびりやってます」

といった。おじいちゃんもおばあちゃんも、毎日、猫の姿を見るのが、楽しくて仕方がないのだろう。

「きたな通り」は相変わらずにぎやかだが、「きれい通り」は最近、閑散としている。美人娘猫を追い出したトリオイちゃんが、避妊手術をしたせいか、ますます太りはじめ、楚々としていた以前からは想像できない姿になっていた。

「人間でもよくいるわよね、こういう女の人。若い頃は虫も殺さないような清純そうな顔をしているけど、ものすごく意地悪なの。若い頃って、腹黒いのも外見だけじゃわからないのよね。それが歳をとるごとに、内面がどんどん顔に出てきて、見る影もなく醜くなっていく。あのトリオイちゃんは典型的なそういうタイプよ」

「猫だっていろいろな性格の子がいるからね。自分は新参者なんだから、一歩身をひくとかすればいいのに」

「そうそう。追い出すことはないのよね。うまーくやっていく子だっているよ」

「あの美人猫たちは、性格もよかったからねえ」

「トリオイちゃんは、今が天下なのよ。女王さまみたいにふるまってるんじゃないの。夜、あそこを通ると、どでっと横になっているもの」

「やだねえ、ああはなりたくないもんだ」

私たちの間では、「きれい通り」はひどく不評である。トリオイちゃんに追い払われ、他に猫がいなくなったこともある。頭のよかったボス猫、チャーちゃんの姿を見ることもない。すでに「きれい通り」は、名ばかりの通りになってしまったのである。

「きれい通り」がだめになった一方、台頭してきたのが、「妊娠通り」である。この「妊娠通り」の猫たちを支えているのが小さなアパートに住んでいる人々である。なぜ「妊娠通り」というかというと、ここの猫たちは暇さえあれば妊娠しているからである。「きれい通り」の猫たちに避妊手術をしたため、メスの機能を持つメスがほとんど周辺にはいなくなった。「きれい通り」にメスが健在だったときには、ぼろぼろのオス猫でさえ通りを渡ってやってきていた。ところが突然、メスがいなくなった。当然のごとく、オスは困る。そこへここのアパートにメスののら猫が出入りするようになった。待ってましたとばかりにオス猫の攻撃に遭い、子供ができてしまった。アリヅカさん、モリタさん、私は、

「あーあ、今度はこっちか。大変なことになるなあ」

といっていた。案の定、大変なことになっていたのである。ところが動物は環境

に合わせて頭数の帳尻を合わせるのか、かわいそうに何匹かは交通事故で亡くなってしまった。とても元気のいい猫ばかりで、車の量が多いのに、ぱっと飛び出すものだから、

「あれではいつか車に轢《ひ》かれてしまう」

と気が気じゃなかったが、そのとおりになってしまったのだ。そのたびにアパートに住んでいる人たちが、遺体を片づけ、供養してやっているようだった。そこで生まれている仔猫たちはとっても顔だちがよく、愛想もよく、かわいい子たちばかりだ。餌をもらったのか、舌をぺろぺろしながら階段を降りてくる姿を何度も見たし、半ドア状態になっているところから、三、四匹が出入りしている姿を見たこともある。あるときは、一階に住んでいる若夫婦のご主人のほうが、外で大工仕事をしていたとき、猫三匹が彼を取り囲んで座り、顔を見上げて、

「にゃあにゃあ」

と鳴いていた。通る人が、

「まあ、どうしたのかしら」

とくすくす笑うので、彼はとても恥ずかしそうにしながら、

「静かに、静かに」

といっていたりしていた。そこへ周辺のオス猫が集中したのである。

つい二カ月ほど前、アパートから大きなお腹をして猫が出てきた。

「ああ、また生まれるんだ」

複雑な気持ちでいたところ、つい数日前、アパートの前を通ったら、いちばん奥からひょいっと顔を出した仔猫と目が合った。せいぜいひと月といったところだろうか。あのときの猫が産んだのだ。その母猫のほうは餌をたくさんもらって、上機嫌のようだった。

「メスにコルク栓をはめたとしても、きっと妊娠するだろうしなあ」

私は下らないことを考えながら、なるべく猫の数が増えないことを願った。仔猫の姿を見るのはかわいいし、心がほのぼのするが、現実問題としてはそうばかりもいってはいられない。事故に遭ったり病気になる猫も増えるし、そこが辛いところだ。うちの近所の猫地図は、相対的にバランスをとっているようだ。「きれい通り」でメスがいなくなると、「妊娠通り」にメスが生まれる。許容量を超えると、かわいそうだが事故の犠牲になる。相談したわけでもないのに、うまくいっているといえば、いっているのである。「きたな通り」を歩いていても、出くわすことができなかったきたなマスクに、久しぶりに出会った。場所は「きたな通り」の一本、駅寄りの路地だった。

「久しぶりだねえ。元気だったか」

きたなマスクは塀に沿って、とことこと歩いていた。私が声をかけると、はたと立ち止まり、顔を見上げて、一瞬、

「あ」

というような素振りはみせたが、何もいわずに、またとことこ歩きはじめた。相変わらず汚れていて、もさっとした雰囲気はそのままだった。

「御飯はちゃんと食べてるのか。具合は悪くないのか」

私が何をいっても、それには何もこたえず、角の大きな家の庭に、入っていってしまった。逃げるふうでもなく、ただ淡々としているのが、きたなマスクらしかった。

モリタさんに、

「今日の昼間、きたなマスクに会ったよ」

といったら、

「本当？　元気にしてたんだ。会いたいなあ」

といっていた。

「相変わらず汚くて、淡々としてた」

　様子を報告すると、

「そうなのよ。あの淡々としたところがいいのよね。ちょっと気にはなるけど、ま、いいかっていうような姿がね」

　モリタさんはビーを抱きながら、うれしそうだった。

「ビーちゃん、きたなマスクも元気だって。よかったね。あんただけだよ。男の子のお尻を追いかけてのんびり暮らしているのは」

　ビーは得意の聞こえないふりをしていた。また食欲が増してきたビーは、ころころに太ってきて、モリタさんは抱っこをしていても、

「ああ、重い」

　といってすぐ降ろしてしまう。

「ビーちゃんは幸せだよね」

「本当ね。かわいがってもらえて、御飯も太るほど食べられるし」

　モリタさんは、

「きたなマスクはああいう性格だから、絶対、子孫なんか残せないわね。きっとあの子は、そういうことにも奥手で、『あれ、何だか変だな』って思っているうちに

さかりがきて、『どうしようかなあ。メスはどこにいるのかなあ』って思っているうちに、他のオスに横取りされちゃって、結局、何もしないで一生を終わるっていう感じがするわ」

私たちはきたなマスクの人生ならぬ、猫生について語り合った。もしも隣町の猫だまりにいたら、また「妊娠通り」に突入させたらどうか。

「でも、やっぱりあの子は、『きたな通り』あたりで、うろうろしているのが、いちばん似合っているような気がする」

「そうだね。やっぱりそれがいちばんね」

私たちは、現実に生きている猫たちにとってはそれがいいのか悪いのかわからないが、その猫にふさわしい場所に生まれ、ふさわしい場所で成長し、そしてふさわしい場所で死んでいく。それは人間と同じであろうと、しみじみと話したのである。

猫のおもちゃ

今年の五月の連休中に子猫を拾ってしまった。マンションの敷地の中で、二日間にわたって子猫の鳴き声が聞こえていたので、様子を見にいったのだが、姿は確認できなかった。三日目、雨が降りはじめた午前中、ふと下を見ると、隣の一戸建ての高い塀の上で、子猫が体を縮めて鳴いていた。そこで私は塀によじ登り、子猫をつかまえて家に連れて帰ったというわけなのである。生き物なんて飼わないと思っていたのに、今、うちの中では元気のいい、「しい」という名前の子猫が走り回っている。

実家で猫を飼い、子猫が生まれたこともあるが、そのときは母猫がいたので、しつけやその他の細かいことは、みんな母猫がやってくれていた。だから私たちは、餌係とかかわいがり係であればよかった。しかし一対一で飼うとなったらそうはいかない。もっとお互いの関係が濃厚になるからである。

しいはメス猫で、ものすごいお転婆だ。元気がなくぐったりしている子猫という

のも問題があるかもしれないが、私は子猫を飼った経験があるにもかかわらず、

「こんなに元気いっぱいの生き物なのか」

とびっくりしてしまった。だいたい動くスピードが違う。右から左へと空中をすっとんでいく。動く物には何でもとびつく。

「生後二、三カ月でしょう」

といった獣医さんにも、

「本当に活発ですねえ」

と笑われたくらいなのだ。まだ限度がわからないから、平気で爪をたててくるので、私は毎日、流血した。ひどいときには爪の横の部分に子猫の爪が食い込んでとれなくなり、大騒動になったこともある。とにかく、しいがうちにやってきてから、私の頭のなかでは、毎日渦巻きがぐるぐる回っているようだった。

子猫は遊ぶのが仕事のようなものだから、おもちゃが必需品である。実家で生まれた子猫たちは、母猫が尻尾をぱたぱたさせて遊ばせたり、きょうだいでじゃれあっていたので、おもちゃなど必要ではなかった。しかし一匹でいるとなると、私は母猫ときょうだいの両方の役をこなさなければならない。それではとおもちゃ探しにペットショップに行ってみたのである。

棒の先に糸がつけてあり、糸の先におもちゃがぶら下がっている物。それは毛虫だったり、羽だったり、ネズミだったりするのであるが、いろいろな種類があった。私はまずそこで、毛虫を象《かたど》ったおもちゃを買ってきた。毛虫といっても、赤、オレンジ、黄色、緑色などの、カラフルでふわふわした、直径二センチほどの丸い玉が五個つながっている。そこに触角と小さな脚がくっついている、かわいい感じのおもちゃだった。

それをしいに見せて左右に動かしたとたん、目の色が変わり、体を低くしてお尻を振っている。そしてぱっととびついて、がばっと口でくわえて前足でかかえこもうとするのだ。そして、

「こんな小さい体に、どうしてそんな力があるのか」

とびっくりするくらいの力で、おもちゃをくわえてひっぱっていこうとする。根負けして手を放すと、しいはどこかにおもちゃを持っていってしまい、行方がわからなくなってしまうのだ。

あるとき、ソファの下におもちゃが放ってあるのを見つけた。取り出してみると、五個あったはずの玉がひとつなくなっている。たしかオレンジ色をした玉だ。あちらこちら探してみたが、見つからない。

「もしかしたら食べちゃったのでは」

と心配になった。

「ねえ、これ食べちゃった？」

しいに見せても、おもちゃにとびついてくるだけだ。猫トイレを調べても、玉はない。

「お腹は痛くないの」と聞いても、知らんぷりで室内を走り回っている。これだけ元気なのだから、大丈夫かと思いながらも、私は毎日、猫トイレのチェックを欠かさなかった。そして三日ほどたってから、タンスの陰にオレンジ色の玉が転がっているのを発見し、ほっと胸をなで下ろしたのであった。

半年ほどしてそのおもちゃでは遊ばなくなったので、今度はネズミのおもちゃを買ってきた。ウサギの毛で作られている、尻尾も含めて長さが八センチくらいのものだ。それを見せたとたん、しいは興奮してとびついてきた。

「えいっ」

それを放り投げると、ものすごい勢いで走っていき、ネズミのおもちゃにはぐはぐと嚙みつく。そしてまたちょっと離れた場所に行き、伏せのポーズでおもちゃが放り投げられるのを待っているのだ。

「いちいち取りにいくのが面倒くさいよ」

私は何度もおもちゃを放り投げ、しいが得意そうにくわえると、そのたびに、

「ああ、よくつかまえたねえ。えらい、えらい。はい、こっちに持ってきて」

といい続けた。するとしばらくしたら、犬のように投げたおもちゃを取りにいき、私の手のひらに落とすまでになったのである。

「本当にしいちゃんはお利口さんねえ」

私は褒めちぎった。こんなに賢い猫はこの世にいないかもしれないと、お腹を撫でてやったりした。ただし褒めちぎったことが災いしたのか、それからおもちゃを口にくわえたしいに、何度も夜中に叩き起こされ、

「軽く締めたろか」

と思ったことも一度や二度ではない。一度遊びはじめると、最低、三十分はつきあわされる。そのたびに私は、

「子猫は遊ぶのが仕事だから」

とつぶやきながら、お遊びの相手をしたのである。

一緒に遊ぶのも楽しくないことはないが、一人で遊んで欲しいときもある。そのときのために何かないかと、またペットショップに行くと、不規則な動きをする直

径が六センチほどのボールを売っていた。まっすぐに転がらず、変な方向に行くので猫がとても興味を示すと書いてあったので、これはいいと買ってきた。

「ほーら、しいちゃん。ボールだよ」

と転がしてやると、伏せのポーズで待っている。ところが妙な動きをするボールを見たとたん、びっくりして顔をそむけてしまった。何度転がしてもしいの態度は同じで、興味を持つどころか、無視されてしまい、私のもくろみはもろくも消え去ったのであった。

最近では、ヒモが気に入って、毎日ヒモで遊ばされるはめに陥っている。服の整理をしていたら、昔買った麻のパンツが出てきた。ウエスト部分に共布のヒモが通してある、リゾート用だったのだが、ゴムに交換したので、ヒモが不用になった。それをごみ箱に捨てていたら、いつの間にか拾い出していて、くわえて放さないのだ。プレゼントをもらったときの、ルイ・ヴィトンのリボンに替えようとしても、がんとしてそのヒモを放さない。大のお気に入りなのである。そしてそのヒモを必ず水入れの器に浸して、それをずるずると引き出してくるものだから、そこいらへんが水びたしになる。いくらだめだといっても、ヒモを水中に入れたがる。

「どうしてこんなことをするのかねえ」

私は床を拭きながらため息をつく。その手にむかって、しいがじゃれついてくる。拾った直後は、私は母親役だと思っていたが、最近では姉だと思っている。面倒を見、心配はするが、母親的なものとは違うと自分でも感じはじめたからだ。とにかく元気で育ってくれればそれでよろしい。そのためにはこれから何年、おもちゃ遊びにつきあわされるんだろうなあ、とうれしいような困ったような気分になっているのだ。

甘えん坊と親馬鹿

動物は好きだが、全く飼うつもりがなかった私とネコが同居するようになって、三年目に突入した。うちのネコは名前を「しい」というのだが、「うちにやってきた記念日」である五月一日には、

「しいちゃん、この一年、元気で過ごせてよかったねえ」

と喜ぶことにしている。拾ったネコなので、正確な誕生日がわからず、誕生日のかわりに拾った日をお祝いするわけなのである。といっても喜んでいるのは私だけで、しいのほうは抱っこしてもらっているのがうれしいだけで、ぐるぐると喉を鳴らして喜んでいる。

拾った直後は二時間おきに起こされるわ、食べ物の好き嫌いは激しいわで、

「どうしてこんな子を拾ってしまったんだろう」

とため息ばかりをついていたが、向こうの性格も考えつつ、しつけをしているうちに、何とかしいも物事がわかってくるようになった。いけないことをして私が怒

ると、ちゃんと
「みー」

とごめんなさいの小声の鳴き声を出すようになり、その声を聞くと、

「しいもちゃんと大人になってくれた」

とほっとするのだ。

しいを拾った直後は嵐の毎日だった。半年間はずっと睡眠不足で、当時、撮影してもらった写真を見たら、顔面も髪の毛も大爆発といった感じで、ものすごいことになっていた。しいの性格は、ものすごく甘えん坊で強気な女王様気質の反面、他の人に対してはものすごく人見知りが激しい臆病者である。家の中だけが安心できるスペースなのだ。

しいはお転婆なので、家の中を走り回るというよりもかっ飛ぶ。あまりに速いので目にとまらず、しいがパワー全開で走りはじめると、ただ呆然と空《くう》を見つめることしかできない。するとしいは突然、ぴたっと止まり、こちらを見て、

「みゃー」

と鳴く。一緒に遊んでもらいたいのである。ひもやおもちゃを手にして、いちおう相手をするのだが、家の中のすみからすみまで走り回る、あまりのパワーについ

ていけない。私の力ではしいの動きは止めようがないのだ。よく子供が外で「きーっ」と奇声を上げながら走り回っていて、いったい親は何をしているんだろうかと腹を立てたりしたが、

「きっとああなると、親もどうしようもできないに違いない」

と察するようになってきた。

「本当にうちはネコでよかった」

と何度、ほっとしたかわからなかった。

それでもやはりネコがいると、私の行動が制約される。まず長期に家を空けられないというのがいちばんの問題である。そのために生き物を飼いたくなかったのだ。しいは私に対してはものすごく甘えん坊なので、日に何度も抱っこしてとせがむ。待ちきれなくて体をよじのぼってきて、首に抱きついて顔をぺろぺろと舐めたりする。抱っこをしてやると、両手で私の体をよだれを垂らしながら揉み揉みして、そしてその後、幸せそうな顔をして、抱っこされたままグルーミングをはじめるのだ。

「そんなにべったりしないで、その分、もうちょっとみんなに愛想よくしたほうがいいんじゃないの」

そういっても、しいは私のそばから離れようとしない。私がトイレに行こうとす

ると中に入りたがる。たまたま間に合わずに閉め出されると、ドアの外でお座りをして待っている。ここでタオルをささげ持ってくれたら最高なのだが、そういうことはない。お風呂に入っているときも、バスタブのふちにずっと座っている。このときも背中を流してくれたらいいのに、そういうことはしないのである。

「ソファの上で待ってれば」

というのに、どこでも一緒にいなくちゃ気が済まないのだ。

試しに、朝早く出かけて翌日の夜に帰るという一泊二日の旅行をしたときは、友だちに御飯の面倒を見てもらった。御飯は食べていたが、一緒に遊ぼうとしてもソファの下に隠れて、じーっと見ているだけだったという。私が帰ってくると、

「みーっ、みーっ」

とものすごく怒って鳴いた。

「ちゃんとお留守番できたのかな」

と聞くと、しがみついてきて、頭や体を私にこすりつけてきた。興奮が収まり、御飯も食べ終わって座っているのを見ると、目をしょぼしょぼさせて体が揺れている。どうやら眠らないでいたらしいのである。夜、一緒に寝るときも、体にぺったりと張り付くようにして寝ていた。ところが翌日、私が目を覚ましても、しいは起

きようとしない。ほっとしたのか爆睡している。お腹を上にしてお股も開き、無防備で寝ているのを見ると、かわいいとは思うのだが、

「ということは、この子がいる間は私は旅行にも行けないっていうことか」

と不安にもなるのだ。

目下の目標は、しいがちゃんと一人でお留守番できるようにすることだ。人見知りも治って、ペットヘルパーの人が御飯をくれたり遊んでくれるのにも、慣れてもらいたい。抱っこするたびに
「しいちゃん、大人になったから、一人でお留守番できるかな」

と聞いてみるのだが、

「ぐるぐるぐる」

と思いっきり鼻の穴を広げて、喉を鳴らしているだけだ。友だちからは、

「甘やかすからよ。ささっと出かけちゃえば何とかなるわよ」

といわれるのだが、ヘルパーに頼んで長期の旅行に行くという強硬手段をとる勇気は今はない。それができないということは、結局、私のほうが親馬鹿なのかなあと思ったりするのである。

プチ家出

朝の四時、いつも隣で爆睡しているはずのしいがいないので、私はしばし呆然とした。夜中の二時くらいまで待っていても帰ってこなかったので、窓に隙間《すきま》が作れるストッパーを取り付けて、寝てしまったのだ。もしかしたらと、部屋中、洗濯機の中まで探してみたが、しいの姿はない。いちばん心配だったのは事故だ。気づかれることもなく、道路に横たわっていたらと思いはじめたら、いてもたってもいられなくなり、急いで着替えて帽子をかぶり、探しに出かけた。交通量の多い道路をあちらこちら歩いてみたが、見あたらなかった。

事故に遭っていないとわかって、ひとまず安心はしたが、ならばどこへと、はてなマークがぐるぐると頭の中を回った。しいはやせているので、もしかしたらカラスにさらわれたのではと、空を飛ぶカラスが何かくわえてはいないかチェックしてみたが、異状はない。うちのベランダは建物をとりまくように作ってあって、外廊下に通じている。そこから階段を下りれば、中庭を抜けてマンションの敷地外に出られるようになっている。ベランダにはしいの小さな足跡がついていた。首を伸ばして建物の外側にあるベランダ部分も見てみると、そこには大きな足跡がついていて、しいの小さな足跡がそれと並んでいた。

「ぷくちゃんだ……」

ぷくちゃんというのはしいを慕って通って来ていたオスネコで、遅く帰ってくるしいをちゃんと送ってきてくれたりする、おとなしくてとても親切な子だ。しかししいのほうは、送ってもらったくせに、彼が家に入ろうとすると、

「うぎゃあああ」

と怒って、追い返していた。するとぷくちゃんは私のほうを悲しげな目で見ながら、

「あーん、あーん」

と鳴いたりしていたのだ。昨日の夜は、ぷくちゃんが迎えにきたに違いない。

私はこれまでの出来事を思い出していた。しいはここ何か月か、家でトイレをしていなかった。毎晩、出かけていく。ネコに関する本を取り出して読んでみたら、外でトイレをし続けるのは自分の縄張りを作りたいという表れで、前からいる外ネコたちは、それを認識すると新参者のために場所を分けてくれるらしい。また、夜

に出かけるのはネコの集会に顔を出して、挨拶する意味もあると書いてある。ということはしいは、着々と外での生活に向けて、陣地獲得と先輩の外ネコへの挨拶まわりをしていたことになるではないか。

しいは拾ったネコで、生まれたときから外を知っている。外に関心があるのは当たり前だが、出て行ったということは、家よりも外がいいということだ。となると私に不満があったのだろうか。私は悩んだ。外のほうがよければ、それもまたしょうがない。仔《こ》ネコのときは自分でご飯も獲《と》れないから、やむをえず人間の世話になるのも仕方なかろう。でもなんでいなくなるのが今なのだ。それも夜にするっと出かけていってそれっきりというのは、あまりにあんまりではないだろうか。いちおう三年以上一緒に住んでいたのだから、挨拶がわりの、「にゃあ」のひとことくらいあってもいいではないか。そう思いながらも、その必要もないくらい、家にいるのは嫌だったのかもしれないと考えはじめたら、気分がふさいできた。出るのはため息ばかりである。

「もしかしたら今日、ひょっこりと帰ってくるかもしれない。まだ丸一日経ったわけじゃないんだから」

しいのご飯を新しいものに替え、両手をぐるんぐるんと回して気分を変えようとした。

買い物に行くときは、ネコが潜んでいそうなところを遠回りした。露骨に声を出して探すと、あぶない人に間違われると困るので、周囲に人がいないのを確かめてから、

「しいちゃん、しいちゃん、いるんなら出てらっしゃい」

と低い声で探した。が、バッタ一匹出てこない。いつ帰ってきてもいいように、窓にストッパーを付けたまま外出し、

「今日、帰ったら、いつものように、にゃーと鳴きながら出迎えてくれるかも」

と期待しながらドアを開けても、室内はがらんとしたままだった。一日経ち、二日経ち、三日経ち、深夜の世界陸上を見ながら待っていても、しいは帰ってこなかった。にゃあという声が聞こえたような気がして、急いでドアを開けても、そこには誰もいなかった。とうとう幻聴まで現れてきた。おまけに雷とすさまじい雨まで降った。私はしいが帰ってこないことを確信した。夕立も二日続いて、しいが帰ってこないとやっとあきらめがついた。天気がこれだけ悪くても家に帰ってこないのは、きっと外で暮らすと腹を括《くく》ったのだろう。

「あんたはネズミも獲れることだし、食べ物には不自由しないだろう。気の強いし

っかりした子だから、外でも大丈夫なはずだ。元気で暮らせよ」

ネコのおもちゃも全部捨てた。友だちにも、

「もうあきらめたから」

と宣言した。

「でもひょっこり帰ってくるような気がする。あの子、冷え性だし。今はいいけど冬になったら外は辛いわよ」

友だちはそういった。たしかにしいは冷え性である。寒いのが苦手でストーブを出してやると、その前に仰向けに寝て、お股を全開にして温めていた。

「寒くなったら帰ってくると思うけど」

そういわれても帰ってこないような気がした。外でトイレをし続けているし、ボーイフレンドも一緒なのだ。人間よりもネコのほうが好きな子だし、ぷくちゃんといたほうが楽しかったのだ。

あきらめたとはいいながら、それからも私は毎日、しいのご飯を並べ、ストッパーで窓を開け、ネコが潜んでいそうな怪しげな場所に通りかかると、

「しいちゃん、いないの。いるんだったら出てらっしゃい」

と低い声で探し続けた。五日、六日と経つうちに、私の気持ちも落ち着いてきて、

これでやっと旅行にもいけるようになると思えるようになってきた。しいは新しい生活がはじまり、私も元の何にも拘束されない生活に戻れるのだ。しかし友だちからお菓子などのおすそ分けをいただいたときに、当たり前のようにしていたことに気づき、自分でもはっとした。しいは人がくるとささっと隠れてしまうのだが、その人が帰ったあと、まるで、

「何があったの？　どうしたの？」

といっているかのように、つきまとってにゃあにゃあとうるさく鳴く。そのたびに、荷物がきたよとか、お菓子をいただいたよ、などと答えていたのだ。何の疑いもなく、ドアを閉めたあと、

「しいちゃん、お菓子をいただいたよ」

といったものの、走り寄ってくるぶちの姿もなければ、鳴き声も聞こえない。そのときに私は、無意識にいつもしいに話しかけ、そしてその相手がいなくなったことをつきつけられて、またため息をついた。

悲しんでいるよりも、しいが外ネコとして自立を決めたことを喜んでやろうとした。いないことにも慣れつつあったある日、昼ご飯を食べた後、眠くなった私は三十分ほど昼寝をしようと、ソファに座って目を閉じた。そのとたん、玄関の外から、

「んにゃー」

という大きな声が聞こえてきた。

「しいちゃん！」

と呼んだ。すると幻聴ではなくはっきりと、

「んにゃー」

という声が聞こえた。ドアにすっとんでいって開けてみると、んにゃー、んにゃーと大声で鳴きながら、しいが駆け込んできた。うれしいというよりもあっけにとられた。しいは形相が変わり、目がつり上がってものすごく興奮している。室内をわあわあ鳴きながら走り回ったかと思えば、私の足に何度も体をこすりつけて甘えてくる。しいの体がネコ臭くなっていたので、蒸しタオルで拭いてやった。小一時間、興奮して走り回っていたが、突然、ぱたっと止まり、どーんと突っ伏して寝はじめた。二時間おきに、くふん、くふんと鼻を鳴らして私を呼ぶ。そのたびに、

「大丈夫、おうちに帰ってきたからね。安心して寝ていなさい」

と声をかけて体をさすってやるとまた目を閉じる。それを何回か繰り返しているうちに、今度はぎりぎりと歯ぎしりをしはじめた。驚いて見ていると、今度はうーうーとうめきながら、手足を震わせはじめたではないか。

「こいつ、うなされてる……」

笑いをこらえながらも、

「しいちゃんっ、おうちにいるんだから安心して！」

とさすり続けたら、「ぐう」と鳴いて静かになった。とにかくしきりに撫でてと催促し、お腹を上にして爆睡し続けた。外には自由はあるが、体を撫でてくれる人もいないし、お腹を上にして大股開きでは寝られなかったのに違いない。

帰ってきてから二日間、しいは一歩も家の外に出ようとしなかった。顔が徐々に元に戻ってくるとまた外に出たくなったらしく、十分くらいちょこっと出ては帰ってくる。「帰ってきたあ」といっているのか、やたらと大声で、んにゃー、んにゃーと鳴く。私も大げさに、

「よく帰ってきたねえ。無事でよかったあ」

といいながら体を撫でてやると、ぐるぐると鳴いて大喜びしている。ちょこちょこと外には出るが、私はもしかしたらまた帰ってこないかもとは考えないようにした。そうなったらまたそのときだと思うようになった。

プチ家出をしている中高生の、親があまりに淡々としているのをテレビで見て、

「どうしてあんなに無関心なのだ」

と怒ったりしていたのだが、彼らの気持ちがよーくわかった。いちいち子供が家に帰ってこないと真剣に気を揉《も》んでいたら、親の身が持たないのである。ネコ一匹でこれだけ心が痛むのだから、子供を失った親の心労はいかばかりかと察する気持ちになれた。

さすがにしいも、夏のプチ家出は心の汚点になっているらしく、今でも、

「家出したときにさあ、どこにいたの？」

と聞くと、耳はこちらに向けているものの、知らんぷりをして部屋を出ていってしまう。電話で知り合いに家出のことを話したりすると、後ろで、やめてといっているみたいにわあわあ鳴く。前よりも外に出る時間も少なくなり、それなりに社会勉強をしたようだ。

「そうやって大人になっていくんだねえ」

声をかけるとしいは、こちらの心労を察するふうでもなく、そんなことあったかしらというような顔で、しらばっくれているのである。

しまちゃんの粘り勝ち

一昨年から、たびたび姿を現すオスネコがいる。黒と茶のトラ毛で、ころころに太っていて、顔がとてもでかいわりに、目がとてもちっこい。最初は、うちの女王様気質のネコ、しいがご近所のパトロールから帰ってきたとき、後を追ってやってきた。しいは外で他のネコと遊ぶのは平気だが、室内には一歩たりとも入れようとしないので、その子が入ろうとすると、

「ぎえええええーっ」

とご近所中に響き渡るような鳴き声をあげてびびらせる。私としては他のネコが遊びに来るのは大歓迎なので、

「せっかく来てくれたんだから、入れてあげればいいじゃないの」

といっても、そっぽを向いている。門戸を開放しようという気は全くないのである。

ところがそれからも彼はやってきた。しいはベランダにいる姿を見て、室内から、

「ぎええーっ。ぎええええーっ」

と叫ぶのだが、彼はそれを無視して私の顔を見上げている。

「どうしたの？」

ガラス戸越しに声をかけると、まばたきもせずにじーっと見つめてくる。

「お腹すいてるの？　ごはんあげようか」

ネコ缶を開けてベランダに置いてやると、ものすごい勢いで食べはじめた。きっと、

「なんかくれえ。めし、くれえ」

と念力を送ってきたのだと思う。食べている間中、しいは、

「ぎええーっ、ぎええええーっ」

と怒っていたが、彼はめげずに完食して帰っていった。

そしたらまた次の日もやってきた。

「今までごはんはどうしてたの？　このごろ毎日来るねえ」

私がネコ缶が入った器を持ってベランダに出ると、ささっと二メートルほど離れて前足を踏ん張る。

「どうしたの。逃げるの」

と聞くと、うつむきながら、ものすごく小さい声で、

「しゃー……」

と鳴いた。いちおう外ネコのプライドだけは保っておきたいらしいが、全く迫力に欠けている。

「何が『しゃー』よ。ごはん食べたいんでしょ。ここに置いておくからね」

私が部屋に入ると、急いで器に走り寄って、がしがしと食べる。それが四、五日続いたら、今度はごはんだけではなく、うちでくつろぐようになっていった。

ごはんを食べ終わると、ベランダで爪を研ぎ、その上でがーっと昼寝をする。丸々とした腹を上にして、

「んごー、んごー」

と大いびきまでかく。それをいまいましそうにガラス戸越しに見ているのが、しいである。露骨に嫌な顔をして、私がその子を「ぶーちゃん」と呼ぶと、

「いやーっ」

とものすごく嫌がった。それでもぶーちゃんはおかまいなしで、たらふく食って寝たいだけ寝て、夕方になるとのんびりと帰っていった。

隣の部屋に住む友だちのところにもベランダづたいに出没して、ごはんをもらっていた。隣では「しまちゃん」と呼んでいるというので、それから名前はしまちゃ

んに統一した。

夏場、しいがパトロールに行った直後、ドアを開けっ放しにしていたら、リビングルームで音が聞こえる。何だろうと行ってみると、しまちゃんがやってきて、しいが残したごはんをちゃっかり盗み食っていた。

「そんなことしないのよ。ごはんならちゃんとあげるから」

侵入したのがばれたしまちゃんは、いちおう焦って、おろおろはしているのだが、入ってきた玄関のドアめがけて、一目散に逃げるのではなく、部屋の奥へ奥へと移動するので、

「何なんだ、それは」

と思わず笑ってしまった。ごはんを完食したしまちゃんが帰ってすぐにしいが戻ってきて、気配を察知したらしく、室内の隅から隅までをチェックし、そこここの匂いをかいだ。

「しいちゃんが出かけた後、すぐにしまちゃんが来たんだよ。会わなかった？」

しいは不愉快極まりないという表情で、匂いをかぎ続けていた。

それからどこでどう見ているのか、しまちゃんはしいが出かけたとたんに姿を現し、戻る直前に帰っていく。そのタイミングのよさには感心するばかりだった。

「外で暮らしているヒトたちは、本当に頭がいいわよね」

隣室の友だちは感心していた。

「きっとしまちゃんは、ご近所で十個ぐらい違う名前をつけてもらって、暮らしてるんだと思うわ」

ほとんど鳴かないところを見ると、人と暮らしているようには見えないが、人がいても平気で室内に入ってくるのは、やはりどこかの家に入れてもらっているのだと思う。ごはんを好き嫌いするのも、食べるものに困ってない証拠である。大きめの皿に二種類のネコ缶を入れて出したら、そのうちの一種類だけを食べていた。嫌なのだったらそのまま残しておけばいいのに、どういうわけか気に入らないほうは、全部皿から出してこんもり山にしていた。ベランダに散らかさなかったのは、しまちゃんのささやかな気遣いだったのかもしれない。

「どうして、うちに来るのかしら」

私は首をかしげた。もともとはメスネコ狙いでしいの後を追ってきたが、その願いは果たせず、それどころかものすごい声で追い払われた。うちはマンションの三階で、外階段を使えばネコも出入りできるが、わざわざ三階まで上がってくるのはご苦労なことだと思う。たまに外でしいと出くわしたらしく、しいのぎゃいぎゃい鳴く声が聞こえてきたことが何度もある。相手の声が聞こえないのは喧嘩ではないから、一方的にしいが説教している。その相手はしまちゃんしかいないのだ。

いろいろと考えた結果、しまちゃんはご近所のお宅何軒かにお世話になっているのではないかと推理した。うちに来た時期が五月の連休中だったことを考えると、最初はその家々が旅行に出かけて、ごはんが調達できなくなったために、切羽詰まってうちに来たのではないか。

「あそこのきっついメスネコは扱いが大変だけど無視しときゃいいや。飼い主はちょっと甘えればOKっていう雰囲気だから、行ってみるか」

と試しに行ってみたら、見事その通りでごはんがもらえた。何度かごはんを食べに行ったら、意外にベランダが安全地帯で過ごしやすいのに気がついた。ライバルのオスネコも来ないし、日当たりも風通しもいいし、爪研ぎも、ごろごろできる段ボールもある。こうるさいメスネコ対策も万全だ。そうとなったら階段を三階まで上がっても、来るしかないではないか。

しまちゃんが重点的にやってくるのは必ず連休の時期だ。

「きっと私たちは、しまちゃんにとっては、押さえの十番手くらいなのよ」

私と友だちはそう話している。目先の変わったものを食べたくなったら顔を出し、気に入らなければ食べない。どうしてもごはんが欲しいときは、こちらの顔をじーっと見つめて念力を使う。結局、私たちはしまちゃんにやられているのである。最近ではしいもあきらめて、また来たかというような顔をしている。しまちゃんの粘り勝ちである。私は彼の姿を見るたび、

「ねえ、他のおうちでは、何と呼ばれてるの。奥目？　まいうー？」

と聞いて、面白がっているのである。

二　女たち

Novel

ハイヒールで全力疾走

僕の五つ違いの姉は二十四歳。中堅の電機メーカーに勤めて四年になる。重役の秘書をやっているらしい。まああの知名度の今の会社にはいったときも驚いたが、ふだんの生活を見ていると、あいつが社会人として今までやってきたのは、二十世紀最大の奇跡じゃないかと思っている。

まず朝はギリギリまで寝ている。僕は予備校に行かなきゃいけないので、高校生のときと同じように朝はちゃんと起きる。母親が作ってくれた大根の味噌汁や、

「残り物で悪いねえ」

といいながら出される、昨日の晩の温め直しの煮物なんかも文句もいわないでおとなしく食べる。浪人の立場をよくわきまえているからである。しかし姉は違う。目覚し時計の音が聞こえてもしばらく起きてこない。僕が御飯をかき込みながら、上目づかいに柱時計を見上げて、

「もうそろそろだな」

とつぶやいたとたん、家じゅうに、

「わあーっ」

という大声が響き渡る。そしてどどどどどという地鳴りのような音とともに、髪の毛を逆立ててパジャマの胸元をだらしなく広げた姉が、洗面所めがけて突進して

いくのである。最初のころは会社に遅れてはと、起こしにいっていた母親も、四年間もこういう調子だとあきらめてしまい、自分も勝手に朝御飯を食べている。僕達は一日の始まりとして、静かな朝を迎えたいのに、姉がわあわあいいながら家のなかを走り回るので、落ち着かないことこのうえない。だいたいあんな調子だったら、父親にゴロゴロと喉《のど》を鳴らしてすり寄っていって、ウソ泣きまでして据《す》え付けてもらった「娘が裸にならなくてもいい」朝シャン用のシャンプードレッサーだって、何の役にもたっていないのだ。

しばらくどたどたと家のなかを走り回っていたかと思うと、また二階にかけ上がってごそごそやっている。そして着替えて僕達の前に姿を現すと、テーブルの上を見て、

「朝は御飯じゃ嫌だっていってるでしょ、おかあさん！　パンは食べながら他のことができるけど、御飯じゃ両手がふさがっちゃうからダメなの。この時間のないときに、のんびり食べてなんかいられないわよ」

と母親に文句をいい放ち、ヒールの靴を履いて弾丸のように飛び出していくのである。走っている後ろ姿を見たことがあるが、スーツにハイヒールで全力疾走している姿は、とてもじゃないけど見られたものではない。高校時代、陸上の選手だっ

たのが災いして、手足の軽やかな動きとスーツがちぐはぐなのだ。その足の速さのおかげで、今まで遅刻もせずにすんでいるのだが、顔を洗うのから化粧をして着替えるまで、たったの二十分ですませてしまうというのは僕にとっては驚異だ。

「まったく、レイコとあんたが入れ替わればよかったわねえ。あの子はあんなにせっかちなのに、あんたはいつまでたってももたもたして。したくするのに一時間以上かかるんだから……」

　母親はそういってため息をついた。

たしかに僕は姉に比べて、もたもたしている。子供のとき僕は姉にいいおもちゃにされた。ちょうど姉がお人形遊びに熱中しだしたころで、可愛いけれど動かないリカちゃんよりも、多少のことは我慢しても自分の目の前で動き回る「弟ケンちゃん」のほうを選んだのである。もちろん、当時一歳か二歳の僕はどういうことをされたか全く覚えていないのだが、恐ろしいことに我が家のアルバムがそれを逐一《ちくいち》記録していた。頭を大五郎みたいにされ、ほっぺたや唇はおてもやんみたいに口紅で真ん丸く塗られている。お古のスカートやカーディガンを着せられて姉と一緒に写真におさまっているのだ。なかには上半身はピラピラしたブラウスを着ているのに、下半身は丸出しというアブノーマルなものもある。そしてその写真を見ていちばん悔しいのは、そんな恥ずかしいことをされても、写真のなかの僕がにこにこ笑っていることである。諸手《もろて》をあげてはしゃいでいるものまである。物心ついてそれを見せられたとき、何度アルバムに火をつけて燃やしてしまおうと思ったかしれやしない。

中学生のころ友達と部屋でわいわいやっていると、姉がお茶とお菓子を運んできた。顔を見るとどうもにこにこして様子がおかしい。何か変だと思っていると姉は、

「ねえ、これ面白いでしょ。ケンが赤ん坊のときの写真なんだよ」

といって例の恥ずかしい写真を友達の目の前でひらひらさせた。友達はそれを見て僕の気も知らず、

「ひゃっひゃっひゃっひゃ」

と指さして笑っている。

「他にもあるよ」

友達に想像以上にウケたので、姉はアルバムごと持ってきた。友達は僕との話などそっちのけで、姉と一緒にひゃあひゃあいいながらアルバムをめくっている。そのおかげで次の日学校に行ったら、黒板にでかでかと、

〝オカマのケン坊、丸出し〟

と書いてあった。学校にいるときはじっと耐えた。家に帰って姉に抗議すると、

「だってあんた、結構喜んであたしの服を着てたよ」

というのである。写真がそれを物語っていた。だから気の弱い僕はそれっきり、文句もいえずにじっと我慢するしかなかったのだ。そしてそれからはずっとこんな調子で、口げんかではあいつに勝ったことはない。いや、勝てるものはこの世の中にいないといってもいいだろう。

そんなに気が強い姉だが、実は、自分が顔がデカくて、デブなのではないかと悩んでいるのを僕は知っている。一時は太モモとふくらはぎが悩みのタネだったのだが、最近ではそれに顔のデカさが加わったのだ。マジメな顔で僕の前に立ち、前髪を上げて、

「ねえ、あたしって顔がデカい?」

と何度聞かれたかわからない。そのたびに僕は、

「別に……」

といって話をはぐらかしている。晩御飯を食べ終わると必ず、

「あーあ、また食べちゃった。あーあ、やせたーい」

といってため息をつく。

（御飯を二杯もおかわりして、おまけに大福もちを毎日二個ずつ食ってて、やせるわけねえだろう）

といってやりたいけれど、とてもじゃないけど怖くていえない。姉は口先だけで、ちっとも努力しようとしないのだ。テレビを見ていると必ず出演者の顔の大きさを話題にする。最近のアイドル歌手の女の子たちは顔が小さいので、みんな嫌いみたいだ。西川のりおが出ていると、

「デカい顔」

といって大喜びする。

（人のことを笑えるか）

といいたいけれど、とてもじゃないけど怖くていえない。ドラマを見ては、

「あーあ、どこかに三上博史と真田広之を足して二で割ったような男はいないかしら」

と身をよじる。

（鏡を見てからいえよ）

といいたいけれど、これまたとてもじゃないけど怖くていえないのである。

このテの話題は知らんふりをして聞き流すのがいちばんいいと、最近になって気

がついた。肯定したらあとは大騒ぎだし、否定すればつけあがるのが目に見えているので、話題に参加しないのがいちばんいいのである。そうしないと、話相手になろうといらぬ気遣いをした父親みたいに、

「何？　レイコの顔がデカい？　顔はデカいほうがいいんだ。つまり頭も大きいということだからな。脳みそがいっぱい詰まっているということだ」

などと余計なことをいって、姉にむくれられてうろたえるハメになるのである。

僕の友人たちは姉が「秘書」だというと、目を輝かせて、

「ぜひ一度会わせてくれ」

という。よく気がついて、いつもにこやかに笑っている美人を思い浮かべるんだろうが、少なくとも僕は姉のせいで「秘書」という仕事をしている女の人に幻想は抱かなくなった。あんな姉でもいちおう会社に行くときには、秘書という立場上、値段の張るきちんとした服を着ていっている。母親と姉の話を聞き齧《かじ》ったところ、スーツ一着が七、八万円もする。どうりで月末に丸井の大きな紙袋をかかえて帰ってくるわけだ。秘書としての身だしなみは、丸井のクレジットによって成り立っているのだ。

ところが給料のほとんどを会社用の衣類につぎ込み、ボーナスを海外旅行に消費

している姉の、家にいるときの姿を見ると、僕は目を覆いたくなる。ホームウエアはいつもジャージ！　それも高校時代に着ていた、レンガ色と紺色の上下の二着を、かわりばんこに着ている。レンガ色のほうは、膝のところに穴が開いたのをガム・テープを貼って補強している始末だ。化粧をしてスーツを着ていれば少しは見られるが、汚いほうをいつも見せられているこっちの気持も察してくれればいいのにと、いつも思う。特に梅雨どきになると、洗濯したジャージがなかなか乾かないので、姉のホームウエアの在庫はすぐ底をついてしまう。深夜、部屋のドアをノックする音が聞こえたので、勉強の手を休めてドアを開けると、そこには『13日の金曜日』のジェイソンみたいに、真っ白く顔にパックを塗った姉がぬーっと立っていた。あっけにとられていると、彼女は顔をつっぱらかしたまま口を半開きにして、

「ケンちゃん、着るもので余ってるのがあったら何か貸して……」

というのだ。そういわれて僕は仕方なく、ヨレヨレになったのでタンスにつっこんであったジーンズと、今着るのはちょっと恥ずかしい、「HAND IN HAND」とプリントしてあるトレーナーを差し出した。

「悪いね。それじゃお休み」

姉は僕の古着をかかえて戻っていった。そしてそれは当然のように姉のものにな

り、ホームウエアにちょっと変化をもたらす結果になったのである。

会社の人たちも社内ではきちんとした格好をしている姉が、家では高校時代のジャージの上下を着て、髪の毛をカラーゴムでひとまとめにして、素顔でゴロゴロしているなんて絶対に想像しないだろう。僕なんかいまだに姉が二人いるような気がしてならない。一度、あまりのことに見かねて、

「家にいるときも、もうちょっとマシな格好をしたら」

と忠告したことがある。でも、

「だって会社に着ていく服を買うとお金がなくなっちゃうんだもん。別にいいじゃない。あたし、何かあんたに迷惑かけてるわけ？」

と、僕から服をぶんどっていったことも忘れて怒った。こういう性格はいったい誰に似たのだろうかと母親に聞いたら、亡くなった姑がこういう性格だったと憎たらしそうにいっていた。

会社の人とたまに酒を飲んで、夜遅く帰ってくると、玄関に立ったまま一人で笑っている。そういうところは父親そっくりだ。足元もおぼつかなく二階へ上がると、おなじみのジャージに着替えて台所にやってくる。風呂上がりに水を飲んでいる僕の顔をじっと見つめて、

「でへへへへ」

と笑い、

「ケン坊、ちゃんと勉強してるかぁ。二浪は許さんぞ」

と大きなお世話をやいてくれる。休日は休日でテレビを見ながらソファの上で寝っころがっている。大あくびはするわ、ガラス窓がビビるくしゃみはするわ、たまにボリボリとお尻なんか掻《か》いているときもある。そばを通りかかると、寝っころがったまま、

「ちょー、ちょー、ちょー」

といって手招きをする。「ちょー」っていったい何かと思ったら、

「ちょっと」

というのが面倒くさくて短縮した、というではないか。おまけにどんな大変な用事かと思ったら、二、三歩あるけば手が届く、部屋の隅のテーブルの上の新聞を取ってくれという。

「そんなの自分で取れよ」

とつっぱねると、姉はフンッといって、のろのろと新聞を取りにいったが、あれでは人類ではなく地上に降りてきたナマケモノといったほうがいい。

ところがそんな姉を好きになってしまう男がいるんだから世の中わからない。いつものように僕はおとなしく朝御飯を食べていた。すると玄関から、

「ムラタさーん」

という男の人の声がした。出ていってみると、そこには剛毛《ごうもう》をむりやり七三に分け、スーツに革の茶色のショルダーバッグを下げた、三十歳くらいの男の人が立っていた。

「あ、弟さんですか。私はレイコさんと同じ会社に勤めているヤマダです。近所に引っ越してきましたので、一緒に会社に行こうと思ってお誘いにきました」

彼はニコニコして胸を張った。小学校一年生みたいな人だなあと思ったが、とりあえず姉にそのことを知らせにいった。部屋のドアの外から事情を説明すると、姉は不機嫌そうに、

「ヤマダぁ、なんであいつがあたしを誘いにくるのよぉ」

と、ぶつぶついっている。ともかくヤマダさんには玄関で待っててもらい、姉が一秒でも早く起きてきてくれないかと気をもんだ。我ながら自分のこういう性格が嫌になった。しばらくして会社用のいでたちの姉が二階から降りてきた。

「あいついるの？」

玄関を指さした。僕は十二分に姉の性格を知っているので、きっと「あなたとなんか一緒に行きたくないわ。とっとと出てってよ」とわめきちらして、ひと悶着《もんちゃく》あるに違いないと内心おびえていた。ところが姉は彼の顔を見るやいなや、

「まあヤマダさん。わざわざすみませんでした。お待たせしてしまってごめんなさい。じゃ、行きましょうか」

と、今まで聞いたことがないような猫なで声でヤマダ某にあやまり、呆然としている僕を残して二人で出ていった。顔も服も家にいるときと会社に行くときでは大違いだが、出す声の高さまで違うのにはビックリした。僕の前では「あいつ」よばわりしていたくせに、本人に会ったとたんにころっと態度を変える。もしかして姉はあのヤマダ某が好きなのではないかと勘ぐったくらいだ。

姉に優しい言葉をかけられてうれしかったのか、それからヤマダは毎朝にこにこして姉を迎えにきた。姉はそのたんびに、

「またぁ。しつこいわね」

と蔭《かげ》では文句をいうくせに、スーツに着替えると、

「お待たせしました」

と平然とヤマダと肩を並べて出ていく。スーツを着ると、口の悪い単なるナマケ

モノが、てきぱきとした優しい秘書に変身してしまうのだった。そのうち姉とヤマダは、近所のおばさんたちの格好の噂話のネタになった。彼女たちは、朝、家の前を掃いているようなフリをして、しっかりと姉とヤマダのことを観察していたのだ。近所ではもう婚約しているというような話になっているため、両親が休みの日に姉に問いただした。

「あの、いつもお前を迎えにくるヤマダ君とかいう青年のことだがね」

父親は妙に緊張していた。

「あ?」

いつものようにジャージ姿の姉は、面倒くさそうに一文字だけいいはなった。

「いったいどういうお付き合いなんだね」

「付き合い?」

そういうと姉はケラケラ笑いだした。

「何もないわよ。見りゃわかるでしょ。私がああいう男とどうにかなると思う?」

確かに三上博史と真田広之にはほど遠い。

「だって、近所で噂になってるんだよ」

母も横から心配そうに口を挟んだ。

「いいたい奴にはいわせておけばいいのよ。少なくとも私は何とも思ってないんだから」

「でも、ヤマダさんはそうじゃないようにみえるけど」

母親はさすが年の功でヤマダに対して気配りをみせた。

「そうなの。あの人は私のこと好きみたいね。だってうちの住所を調べて、近くに引っ越してきたくらいなんだからさ」

姉はぐわっと大きなあくびをした。同じ男としてヤマダが気の毒になった。迎えに行ってあんなに優しく言葉をかけられたら、きっとヤマダみたいなタイプは舞い上がってしまうだろう。もしかしたらすでに両親に結婚するなどといってるかもしれない。ここで姉の本心がわかったら、逆上して暴れ回る可能性だってある。だけど弟という立場は、姉の色恋沙汰に関しては気になりつつも何の発言権もないのだ。

それからはヤマダが朝来ると母親が出ていって、「悪いけれど先に行ってくださいい」とたのんでいた。一週間それは続いた。そしてそのうち朝のお誘いはなくなった。いくら好きでも一週間も母親にそういわれ続けたら、気持だって萎《な》えるだろう。ほとぼりがさめたころ、僕は今後の参考にしようと、どうして好きでもない男にあいう態度をとったのか聞いてみた。すると姉は平然と、

「だってあたし、秘書だもん。社内の男に評判が悪くなったら大変なのよ。男って単純だからさ、うまくあしらっておけば、世の中万事うまくおさまるっていうわけ」

と頭がくらくらするようなことをいったのだ。僕は大学のことよりも、これから男として本気で女の人を好きになれるかしらと心配になってしまった。僕は男のいうなりになるような女の人はあまり好きじゃないけれど、姉のようにあまりにドライに割り切っているというか、「男ってこんなもんよ」という感じで男を見ている女はちょっと困る。僕は浪人だしこんなことをいちいちどうのこうのいえる立場じゃないけど、「そんなに甘くないぜ」というのと、「このまま平凡に結婚してほしい」という気持が入り交じった。いろいろと考え始めるときりがなく、どんどん深みにはまりそうだった。

だいたい姉は家で母親の手伝いや部屋の掃除もろくにしないくせに、会社用のファッションとか化粧とかには本当に熱心だ。まじめな顔して机にむかっているから、会社の仕事でも持って帰ったのかと思ったら、「今年の春の新色勢揃い」という雑誌の化粧品の特集ページを食い入るように見つめていた。姉が海外旅行に行くのは外国に行くのではなくて、免税店で化粧品を買い漁るために行っているのではないかという気がするのだ。姉が帰ってきてスーツ・ケースを開けたとたん、中から化粧品がごろごろ出てくる。ひととおり化粧品のおひろめが終わったあとは、自分が現地の男たちにいかにモテたかを得意そうに話すのがきまりだ。

「もう、すごいのよ。どこに泊まっているのとか、初対面で結婚してくれっていう人もいたわ。それがみんな結構いい男でねえ。ちょっとグラッときたんだけど、あたしもお勤めがあるし。だから適当にあしらってきたんだけどさ。あたしって、外国に行くとどういうわけかモテるのよね」

と上機嫌なのだが、この話はハワイへ行こうがロンドンに行こうが、いつも同じということに本人は気がついていない。僕達の耳の穴がふさがってしまうほど、延々としゃべったあと、今度は電話のところにすっとんでいって友達に電話をかけ、同じことを、僕達に話したのと全く同じ調子でしゃべっている。その友達が一人じゃなくて、四人も五人もいるのだ。テープレコーダーみたいに一時間も二時間も、ずーっとしゃべり続けているあのエネルギーにはあきれかえる。だから姉が会社から帰ってきて、

「疲れちゃって、もうくたくた」

としんどそうな声を出しても、僕は同情できないのである。

あるとき両親が二人して旅行に行ってて、家に僕と姉しかいなかったことがある。先に風呂に入れといわれたので、逆らうと怖いからそれに従った。例のシャンプードレッサーのせいで、うちの脱衣所は前より狭くなってしまって、僕は入るたんびにちょっとムッとしてしまうのだ。湯船につかり、体を洗おうと思ったら石鹸《せっけん》がなかった。脱衣所の棚に取りに行くと、電話をしている姉の声が聞こえてきた。

「また、長電話かよ」

と舌打ちしたが、どうも様子が違う。友達に電話しているときは三十秒に一回は必ず、

「きゃはは」

という笑い声が入るのに、今日の電話はボソボソと雰囲気が暗いのだ。そっと聞き耳をたてると、あの豪胆《ごうたん》で強気の姉が電話口でしくしく泣いている。子供のころ僕の下半身を丸裸にし、洋服をぶんどり、お尻をボリボリと掻く姉がだ。シャンプードレッサー欲しさのときの嘘泣きではなくて、これは本物だった。内容はよく聞き取れなかったが、時折、「奥さん」とか「もういいの」などといっている。息を止めて耳をダンボにすると、かすれた声が聞こえた。

「やっぱりこういうのって、お互いのためによくないっていうか……。ダメなんで

す、もう」

テレビでは何度もこんなことばは耳にしたが、現場を目撃というか耳撃したのは初めてだった。もっと詳しく盗み聞きしたかったけど、ここからではどうしても無理だった。僕はそーっと風呂場のドアを閉めて、お湯につかって考えていた。別れ話。それも不倫だ。秘書と妻子持ちの男の恋愛。ぴったりだもんなあ。しかしどう考えても、穴の開いたジャージと不倫は結びつかない。いったいどういう顔をして男と会っているのか一度でいいから見てみたいけど、あの感じからすると姉は相当ダメージをうけているみたいだ。もしかしたらヤバいかもしれない。こうやっているうちに錯乱《さくらん》して手首を切っているかもしれない。そう思ったら突然心配になり、またドアを細めに開けて様子をうかがった。まだ話は続いていた。僕はドアを開けたまま、簡単に体を洗って待機していた。ところがいつまでたっても話は終わらない。出るに出られず僕はタオルを腰に巻いて風呂場でおろおろしていた。電話が終わるまで物凄《ものすご》く長い時間がたったみたいだった。こういうとき弟としては、気になりながらも、「顔がデカい悩み」のときと同じように、無関心でいるのがいちばんいいような気がした。その夜、結局姉とは顔を合わさなかった。両親もいないことだし、朝起きたら冷たくなっていることだけは避けてほしいとそれだけを願っていた。

次の日、僕は朝御飯の味噌汁を作っていた。いつまでたっても姉は起きてこない。だんだん胸がドキドキしてきた。時計を見上げてあと五分たっても起きてこなかったら部屋に行こうと思っていたところへ、いつもの
「わあーっ」

が聞こえてきた。地鳴りのような音をたてて二階から降りてきた。あんなに大きな音をたてているくらいだから、幽霊じゃなくて立派に足もついているのだろう。そしてワカメの塩抜きをしている僕の背中に向かって、

「ちょっとあんた、さっさと味噌汁作ってよね」

と、いつものように横柄《おうへい》に命令した。

目の前に味噌汁を置くと、姉はぶつぶついいながら朝御飯を食べ始めた。心なしかいつもの豪快さに欠けているようだ。そういう姿を見て僕はつい、

「人はいろんなことがあって、大人になるんだよね、きっと」

といってしまった。姉はしばらくポカンとしていたが、

「何いってんの、あんた。まだ寝ボケてんじゃないの」

と毒づいて僕を小バカにし、ナマケモノから秘書に変身して出かけていった。一

瞬、昨日の夜のことは夢だったのかと思ったが、やはりあれはまぎれもない事実だ。けっこうあいつもしぶといのだ。

それから二、三日は多少食欲が落ちて、口数が少なくなったみたいだったが、四日目ぐらいからはいつものように、「あたし顔がデカい？」と「あーあ、やせたーい」と「三上博史と真田広之」が復活して、ちょっと迷惑だが本来の姉の姿に戻った。ホッとしたとたん「ざまあみろ」といいたくなった。

「男をバカにすんなよ」

それからも姉は幸いというか不幸というか、以前と全然変わらない毎日を送っている。父や母はどうだかわからないけど、僕は姉の一部分しか知らない。だけどヤマダ某のことも電話のワケありの男のことも、社会人として自分なりにケリをつけたのだろう。あんなナマケモノでも、いろいろなことが起こるたびに、それを一つ一つクリアしていく。きっと今までにも、顔がデカいことよりも、もっと重要な悩みがあったのだろうが、僕は全然気がつかなかった。いつも豪胆な姉しか目の前にいなかったのだ。女の人もあのくらいの性格のほうが、会社に勤めるにはちょうどいいのかもしれないと、最近そういう気持になってきた。その点に関しては姉のことを認めよう。

だけど男の目でみると、やっぱりあの高校時代のジャージだけは、心の底からやめて欲しいと思っているのである。

気合

私は高校生、それも男子高校生に囲まれて、毎日を送っている。男子校の国語の教師なんである。学校のランクは中の下といったところ。他の先生のほとんどは男性で、職員には若い女性もいるが、教える立場では女性は年輩の古文の先生と保健婦さん、そして私の三人だけである。私は彼らに陰で「巨乳」といわれているのも知っている。刺激的な体型かもしれないと我ながら思っている。しかし私の男以上に男っぽい性格が、刺激度を弱めていると自負しているのだ。

最近の若い男の子はほんとうにかわいい。顔面だって、

「大はずれ！」

といいたくなるようなのは、まずいない。足だって長いし、顔だって小さいし、不潔なのはいない。私は教室にいるときはとっても嬉しいが、職員室に戻ったとたんに、どーんと気分は暗くなる。そこは「大はずれ」の巣窟《そうくつ》だからだ。足は短い、顔はでかい、肩にフケはためている。頭に毛がないのにどうして肩にフケがたまるのか、私にはとっても不思議である。かと思えば毛がどっさりある先生は、何ともいえない臭いのポマードで、髪の毛をかっちりと固めている。ゴキブリホイホイ状の粘着性の毛髪に、フケやホコリがへばりついているのを見ると、無意識に私の目は教え子の姿を追ってしまうのだ。

私は水泳部の顧問でもある。高校時代に県の大会で出したバタフライの部、三年連続第二位、大学時代の四年連続大会第三位の記録が役に立ったのだ。私は友だちを喜ばすの半分、自分を喜ばすの半分で、年度がわりにいつも、プールで記念写真を撮ることにしている。

「ほーら、記念写真を撮るぞー」

と部員に声をかけると、

（こいつらは、もしかして、ものすごいバカなんじゃないか）

と心配になるくらい、はしゃぎまわる。わあわあいいながら、自分がいちばん目立つようにポーズをとる。なかには海パンがずれてあぶない状態になっているのに、気がつかない奴もいる。

「そんなんでいいの。撮るぞ」

「はあい、いいでーす」

みんな無邪気でかわいい。

そんなふうにして撮った写真を、私はいつも定期入れに入れて、ことあるごとに友だちに見せる。

「ほーら、これが私の教え子だよーん」

写真のなかではしゃいでいる高校生を見て、友だちは必ずといっていいほど、

「ひゃあ、かわいい」

という。そしてひとりひとりの顔をチェックして、また、

「かわいいねえ」

と、ため息をつくのだ。

「へっへっへ」

私は友だちの手から写真をひったくり、

「うらやましいだろう」

と嫌味をいってやる。高校生をかわいいと思うようになるなんて、自分たちがおばさんになった証拠である。だけどやっぱりかわいいものはかわいいのだ。

ところが肝腎《かんじん》の高校生のほうは、私のことをどう見ているかというと、事務職員の若い女性が結婚退職すると聞くと、

「あーあ、また先を越されてやんの」

とへらへら笑いながら、すり寄ってくる。

「もうちょっとあんたたちが、出来がよかったら、私だって安心して結婚できるんだよ。あんたたちは私がいわないと、何もしないじゃないか」

部屋の隅に山になっているゴミを指さすと、

「あらー」

といいながら、へらへらと去っていく。何となくバカにされているような気もする。しかしいちばん頭にくるのは、顔デカやポマードホイホイまでが、私にあれこれいうことなのだ。誰かが結婚するたびに、彼らはこそこそっとそばにやってくる。そしてしばらく私の横にじっと立っている。私は次の授業の準備のために、教科書やサブテキストを確認したりしているのだが、耳元で荒い鼻息が聞こえるので、ふと横を見ると、彼らがぬーっと立っているという具合なのだ。

「何ですかあ」

できるだけ嫌そうにいってやる。

「いや、いや、あのね、あの、別に私がこういうことをいうっていうのも、なんだとは思うんですがね」

いつものこのパターンである。

「はあ」

「あのねえ、あの」

「次の授業が始まりますから、手短にお願いします」

「あっ、あっ、そうですね、そうですね」

「で、何ですか」

「あの、結婚のことなんですがね。先生は御予定がおありなんでしょうか」

　ここで必ず、さぐるような目つきをする。

「ありません！」

「そうですか……。いやあ、事務のね、ほらあの人も、このあいだ結婚退職しましたよね」

「ええ」

「あの人と、先生とは、いくつくらい違うんでしょうかね」

「私が二十九で、彼女が二十三です」

「先生はそんなお歳ですか」

　私の歳を聞くたびに、顔デカはこういう。そして私がぶーっとむくれると、あわてたように薄笑いを浮かべ、

「いや、いや、先生はお若く見えるので、とてもそんなふうには……」

　と、とりつくろうのだ。

「あのー、教師というのも、誇りをもてるいい仕事だとは思うんですが、女性の幸

せまで犠牲にすることはないと、思うんでございますよ」

「はあ」

「次々に若い人が結婚退職していくなかで、先生も肩身が狭いと、お察ししますが……」

（狭くねえよ）

「早く先生にもいい御縁があることを、校長先生以下、私ども一同、心の底から願っているんでございますよ」

（大きなお世話だよ）

と腹の中でいいながら、黙って顔デカとポマードホイホイの顔を眺めた。彼らはさも私のことを心配しているふうを装っていたが、目の底には、私の男関係に興味津々《しんしん》なのがみえみえだった。

これに比べて、男の子たちは、

「せんせー、彼氏いるのかよお」

「ねえ、休みの日はデートなんかしちゃうの」

「ラブホテルに行ったこと、あるんだろ」

「えーっ、やらしー」

などと、ほうっておくと、まるで野放しにしたアヒルみたいに大騒ぎをする。

「うるさい、どうだっていいでしょ」

一喝すると、今度は、

「じゃあ、せんせー、まだ処女かあ」

とわめきだす。おっさん先生たちからは、いつまでも結婚しないかわいそうな女と哀れまれ、かわいい男の子たちには、格好の標的にされる。彼らには、私が竹内まりやの「元気を出して」を聴きながら、涙したことがあるなど、きっと想像できないに違いない。

彼と知り合ったのは、今から十一年前である。大学のときにおなじ水泳部だった。私たちは「肉体派カップル」と呼ばれていた。巨乳と異様に広い肩幅が歩いていたら、相当、世間を圧倒するものがある。それに加えて私の性格である。当時から私の性格はまったく変わっていない。男子学生よりも男らしいとよくいわれたものだった。何か面倒なことが起こると、

「トモちゃん、あとはたのむ」

といってみんな逃げていった。たのんでいたジャージのデザインが少し違っていたときも、あれだけ文句をいいながら、いざ業者に交渉する段になると、みんな腰

くだけになった。このときも私は交渉役をやらされた。

「だから学生さんは嫌なんだ。かっこばっか気にしてさあ。こっちの都合なんか全然考えてくれない」

と、ぼやくおやじをなだめたり、すかしたりして、タダでデザインを直させたのも、私の手腕であった。その他、試合の交渉やら、お金のことやら、コンパのセッティングやら、その他もろもろの雑用まで、すべて私がからんでいた。マネージャーや担当者から、

「どうしよう」

と相談されると、ほうっておけずについ首をつっこんでしまう。そしてふと気がつくと、私がみんな仕切っているのだった。そしてこんな私を、異様な肩幅の彼は、

「そこがいい」

と誉めてくれたのである。私が、

「どははは」

と大口を開けて笑おうが、ジーンズをはいて股を開こうが、彼はいつもにこにこして私のことを見ていた。喧嘩《けんか》らしい喧嘩もしたことがない。キャンパスで私たちがキャアキャアいってじゃれ合っていたら、周囲にいた人が、顔をこわばらせてこ

ちらを見ていた。部員のひとりが、あわてて駆け寄ってきた。私たちはじゃれ合っているつもりだったのに、殴り合いの喧嘩をしているのと、間違われてしまったのだ。

「あんたね、あれは女の子が好きな男の子とじゃれているとは、とてもじゃないけど見えないよ。相手にストレート・パンチや往復ビンタをくらわせたりしてさあ。おまけに形が決まっているから、あれじゃ、間違われてもしょうがないよ。彼ができたから、少しは女らしくなるかと思ったのに、ちっとも変わらないのねえ」

友だちはため息をついた。

(あんたにそんなこといわれたくないよ)

と思いながら、

「そうかしら」

と、ちょっと気取ってやった。

「彼も変わってるよねえ。あなたに『おまえなあ』とかいわれても、にこにこしてるもんね」

「うん、あの人、心が広いから」

友だちは、またため息をついた。彼女はかつて、つきあっていた彼に「ことばづ

かいが悪い」といわれて、ふられたことがあるそうだ。ふざけて、

「おまえはよー」

といったら、次の日、さよならが待っていたのだ。

そんなこといわれたら、私なんか百回くらい別れなければならない。夜、彼に電話をかけるときも、私の第一声は、

「おー、起きてるか」

である。するとあっちは、

「おー、あたりまえだぜ」

と答える。恋人というよりも同性の友だち、家族みたいなものである。彼は一般の企業に勤めた。私は学校のことで忙しいし、彼も休日出勤が多くて、なかなかふたりそろって休みがとれない。それでも電話をかけて話をしていれば、糸電話みたいに電話線でふたりが繋がっているような気がしていたのだ。しかしここ二か月は、まったく連絡がとれない。これが最近いちばん気になっていることなのだ。

ついつい学校で生徒たちを必要以上に怒ってしまうと、

「せんせー、彼氏と喧嘩でもしたの」

といわれることがある。

「何をいってるんだ、バカもの」

と口ではいいながら、内心ドキッとする。喧嘩はしないけれど、むこうから電話がなかったり、こちらからかけても連絡がとれなかったりするのが続くと、必ず生徒にこういわれる。

（私にも女の部分があったのね）

と思う反面、こんなことで、関係ない生徒を必要以上に怒ったらいけないと、反省してしまう。そうなるとどんどん気分が落ち込んできて、CDプレーヤーに手が伸びる。そしてかけるのは、落ち込んだときの特効薬、「元気を出して」なのだ。

「バカヤロー。なんでいないんだよ」

隣近所の手前もあるので、小さな声で毒づいたあと、竹内まりやと一緒に歌う。涙がじわーっと出てくることもある。するとティッシュを顔面にあてがって、涙をせきとめる。自分でも驚くくらい、涙が流れ出ることもある。ついでに鼻水も出る。胸と同じように涙の出る穴もでかいのかもしれない。でも涙が出るとそのあと、とてもスッキリする。これで寝る前に、柔軟体操を軽くやれば、間違いなく安らかな眠りが待っている。この歌があれば、いつも気持ちが平らでいられるのだ。

彼とつきあっている十一年の間、二か月連絡がとれないことは、ふたりが就職し

てからよくあった。たしかに面白くなかったが、彼にもいろいろ都合があることだし、と、鷹揚《おうよう》に構えていた。友だちには、

「あなたはいつも、男子高校生の半裸を見ているから、それで欲求不満が解消させられるのよ。あたしなんか、そんなチャンス、ぜーんぜんないんだから、若い男でもいるかと思って、公営プールにいったら、そこにいるのは情けない体型のおじさんばっかりでさあ。まるで毛のはえたゆでたまごが、必死になって泳いでいるみたいなの。あっちから見たら、私なんか若いほうだから、いろいろと話しかけられたりするんだけど、とてもじゃないけど目の保養にはならないわ」

おばさんになると、いうこともなかなか露骨になる。しかし彼女のいうことも一理あるような気がするのだ。

暇があると何度も彼のところに電話してみた。するとあるときを境にして、留守番電話が入っていた。これはよかったと、いつもの調子で、

「おーい、元気でいるかあ。電話してくれえ」

とメッセージを残した。ところが二日たっても三日たっても電話がこない。出張しているのかもしれないと、しばらく様子を見ていたが、うちの電話のベルを鳴らすのは、女友だちからの電話だけだった。十日たってもう一度、電話をしてみた。

しょっぱなから「おーい」と叫ぶ元気はなかった。

「もしもし……」

留守番電話になっていた。ところが留守を告げる彼のメッセージの内容が、この間と変わっている。

「私の伝言を聞いているのに、電話をくれない……」

何もいわずに電話を切った。あの人に限って、そんな不義理なことはしないだろうと思いながらも、この現実をどのように受けとめたらいいのか、そのときの私にはよくわからなかった。

「せんせー、どうしたんだよ、疲れた顔してるぞ」

翌日、学校にいったら水泳部の生徒がやってきた。

「ああ、まあな」

「どうしたんだよお」

彼は私の顔をのぞきこんだ。

「あっ、クマができてる」

「うるさいなあ、三十近くなると、こういうこともあるんだよ」

「ふーん、そうかあ」

わかってるんだか、わかってないんだか、能天気な奴である。気をつけないと頭のなかが、電話のことでいっぱいになりそうだったので、部の練習を目一杯やった。生徒と一緒に、得意のバタフライでガッパガッパと泳いでやった。

深夜、電話のベルが鳴った。

「もしもし、おれだけど」

懐かしい声がした。

「ああ、久しぶりだねえ」

私たちは今まで、こんな調子で会話をかわしたことがなかった。

「ごめんな」

「うん」

「電話しにくくて。なんていうか、うーん。とにかく、おれがみんな悪いんだ」

「…………」

のっけから「おれが悪い」といわれたら、こちらは何もいえない。

「なんだか近すぎてなあ、おれたち。長い間に、いても気にならないけど、いなくても気にならなくなってきちゃったんだ。やっぱりこういうのって……、潮時なのかもしれないって思ったりしたんだ」

ちっとも近くなんかないじゃないか、と文句をいいたくなったが、彼の口調は私が文句をいえないくらい、静かで沈んでいた。

「ごめんな、とにかくおれが悪いんだ」

「…………」

「一方的におれが切るんだから、何とでもいってくれよ」

しばらく私は黙っていた。そして大きく息を吸って、

「そうだな。おまえがみんな悪いんだよな」

と、じゃれ合っているのに、殴り合いをしているのと間違われたころの口調でいってやった。

「そういわれると、気が楽だよ」

彼は私の知らない人になっていた。私だけ取り残されたような気がしたが、黙って逃げないだけでも、やっぱり彼はいい奴だと思った。

「じゃあ、さよなら」

「元気でな」

受話器を置いたあと、私はしばらくぼーっとしていた。そしてプレーヤーにＣＤをセットした。「元気を出して」がスピーカーから流れてきた。この歌の主人公ほ

ど落ち込んでもいないし、やせてもいないなあ、と思いながら一緒に歌っていたら、やっぱり涙が出てきてしまった。

アパートにいるときは、多少、気分が暗くなることもあったが、学校が近づくにつれてだんだん体の中からエネルギーがわいてくる。高校生のエネルギーを自分がもらっているのかもしれない。

「せんせー、きょうは女みたいじゃんか」

胸元にリボン・レースがはめこんであるブラウスを着ているのを、めざとく見つけた子に、さっそく声をかけられた。

「女だから、あたりまえだ」

「えーっ、そうかなあ。ガニ股で歩くし、ことばづかいは悪いし、やっぱしそういうことから気をつけないと、女とはいえないいんじゃないですかね」

「うるさいなあ、もう」

しっしと彼をおっぱらった。

部の練習も気合を入れてやった。新しい水着が届いたのでそれを着ると、生徒がにたにたと笑った。

「何だ、おまえたち。三十近いおばさんの水着なんか見て、感じちゃいかん！」

「えーっ、感じねえよ、そんなもん」

また彼らはわいわいと騒いだ。

(こいつら、あともうちょっと勉強に熱心だったら、いうことがないんだけどなあ)

私の男捜しはまた一からやり直しになった。ちっとも直らないことばづかい、性格、もしかしたら高校生にしか通用しないのかもしれない。私は顔デカとポマードホイホイの、

「校長先生以下、私ども一同、先生の御結婚のことを、心から心配しているんでございますよ」

という台詞を想像しながら、

「知ったことか」

とつぶやいたのであった。

どんどんかせいで

「今日から出張だから、あさってまで帰らないからね」

妻がそういって黒い大きなバッグを肩から下げて仕事にいってしまうと、僕は正直いって心からほっとする。バタンとドアが閉まってから、小さな声で、

「そのまま帰ってこなくていいぞー」

といってにんまり笑うこともある。ところがどういうわけだか、

「あーあ、疲れた」

といって彼女が帰ってくると、

「おかえり」

といってにこにこ出迎えてしまう。なんだかよくわからないけれど、犬が飼い主に尻尾《しっぽ》をふっているような感じなのである。

僕たちは結婚十年目で子供はいない。最近はきかれなくなったが、いわゆるＤＩＮＫＳとかいうやつである。このことばをいちはやく僕に教えたのは、編集者をやっている妻である。

「うちみたいなのを、ＤＩＮＫＳっていうんだって」

「共稼ぎで子供がいない夫婦のことをねえ。いろんなことばを考えるもんだな」

と感心していたら、

のである。

「うちは共稼ぎじゃないわよ」

と口をはさむ。理由を聞いたら、

「だってあなた、稼ぎっていえるものなんかないじゃない」

などというではないか。むっとしたが、事実なので僕は黙っているしかなかった

のである。

彼女とは学生時代からの付き合いだが、僕と違って負けずぎらいの「やる気まんまん」の性格である。自信家でもある。学校を卒業して就職したと思ったら、

「この私がこんな給料でずっと我慢するなんて、信じられないわ」

とかなんとかいって転職を繰り返し、やっと今の出版社に落ち着いた。もちろん彼女の転職の基準は、第一は給料の高さ。そして第二はその仕事がかっこいいかである。アナウンサー、コピーライター、スタイリスト、インテリア・コーディネーターなど、彼女がなりたいといったものは数知れない。それもカタカナ商売ばかりである。今は編集者という職業に満足しているようだが、僕が、

「編集者」

というと、

「あたしは違うもん」

と不満そうにいう。彼女によると編集者というのは活字がびっちりつまった本を作る人たちのことで、きれいなモデルがにっこり笑っていたり、いわゆるお洒落《しゃれ》な雑誌を作っている自分みたいな人たちは、

「エディター」

というんだそうである。

「ふーん」

といちおうは答えているものの、はっきりいって僕にはその違いがよくわからない。

「あなたって、本当に欲がないのね」

と感心半分、あきらめ半分みたいな調子で彼女にいわれることもある。欲がないというか、僕はすぐ現状で満足してしまうタイプなのだ。結婚当時は２ＤＫのアパート住まいだった。まわりに緑もあったし公園もあったし、僕は結構気にいっていたのだが、彼女はいつも、

「あーあ、はやくこんな狭いところから引っ越したいわねえ」

と事あるごとにいっていた。どこが気にいらないのかと聞くと、

「外見がやぼったい」

「二部屋とも畳にふすまなので、自分のやりたいインテリアにできない」

「給湯式じゃない」

「洋式バスじゃない」

などなど気に食わない理由をあげつらった。

「僕たちが今、生活できるのは、このくらいの部屋なんだからしょうがないよ」

というと、彼女は、

「まかせておいて。私がなんとかしてみせるから」

と力強くいった。そしてそのとおり、新しい場所に引っ越すごとにひとつひとつ問題をクリアしていって、彼女の理想だった現在の3ＬＤＫのテラス・ハウスに住むことになったのである。僕は住まいには何の希望もなく、いつも彼女のいうとおりにおとなしく行動するだけだった。どうしてこうなったかを考えてみると、小さいときにうちにあった日めくりのせいではないかと思うのだ。居間の柱に、母親が商店街の福引きでもらってきた日めくりが掛けてあり、僕がそれを毎日めくることになっていた。あるとき紙を一枚めくったら、そこには日付とともに、

「家は雨が漏らぬほどに、食べ物は飢えぬほどに」

ということばが書いてあって、小学生の僕は妙に感激してしまったのである。この話をすると彼女は、

「貧乏くさいわねえ」

とあきれた顔をしたうえに、

「仏門にはいったらぴったりね」

と追いうちをかけた。僕の友だちのなかには、家とか食べ物に気を遣わないぶん、趣味にお金を注《つ》ぎ込む奴がいる。質素なアパート住まいなのに、ベンツなんかに乗っていたりするのだ。しかし僕には趣味というものがない。酒は飲むが乱れるほど飲まない。浮気もしてみたいとは思うけどしたことがない。カラオケのレパートリーも「ひょっこりひょうたん島」しかないので、「銀恋」や「男と女のラブゲーム」をデュエットしながら、ふざけて女の子の肩を抱くなんていうこともできない。休日も家のなかでごろごろして、それにも飽きて駅前でパチンコをしているうちにすぎてしまうといった具合なのである。

「とてもじゃないけど、あなたのような毎日は送れないわ」

と彼女はいう。僕なんか仕事が終わったらすぐ家に帰ってのんびりしたいと思うのに、彼女にしてみると、朝から夜遅くまで働いているというのに、仕事が終わってまっすぐ家に帰るなんて信じられないことなのだ。

「遊びも仕事のうちなのよ」

といわれると、そうかもしれないと納得せざるをえないのだが、明け方に帰ってきて朝八時に出ていくときもある。リゲインを愛飲しているとはいえ、驚異的な体力である。まあ、「自分はこれだけの給料をもらう能力がある」とはっきり口にだせるのは、僕からみるとうらやましいような、ちょっとずうずうしいような気がする。しかし彼女はそれができる性格なのである。そんなパワフルな「やる気」によって、あれよあれよという間に、彼女の年収は僕の約二倍になった。流行の服を着て、じゃらじゃらとたくさんのアクセサリーもつけるようになった。最初のころは、スカートを穿《は》いているのに、その下から黒いパッチみたいなのがのぞいているファッションにびっくりしたが、最近では何事にも慣れて、彼女が何を着ても驚かなくなってしまった。

交通の便のいいテラス・ハウスに住めるのも、彼女のおかげだ。毎月、お互いの給料の何割かを生活費として供出するのだが、そのたびに彼女は、

「かわいそうだから、おまけしてあげる」

という。僕はつい、

「ありがとう」

といってしまって、瞬間的に釈然としない気分が残る。でもすぐにそんなこと忘れて、

（助かったあ）

と喜んでしまうのだ。安月給では一万、二万が労働者の心のゆとりを大きく左右するのである。

彼女が友だちと電話で話しているのを何気なく聞いていると、

「ボーナス？　そうねえ、うちは結構いいわよ。夏は六か月分出たけど」

などといっていた。もともと給料がいいうえに半期で六か月分も出るなんて、僕には信じられない。僕の会社は夏なんか組合の委員長が倒れそうになりながら団交して、やっと給料の三か月分を勝ち取ったのである。それだってたかが知れている。

去年定年退職した彼女のお父さんが、

「こつこつ働いてきたお父さんより、お前の給料が多いとは何ごとだ」

と逆上したのもよくわかるのだ。僕は年度がわりに一万円の昇給があるのを楽しみにしていたのだが、その喜びもつかの間、一万円昇給しても、その分税金も多く取られるしくみになっていて、結局は何千円しか上がらないことを知った。

「悲しいなあ」

定期預金の通帳を眺めていたら、彼女がうしろからのぞいて、

「けっこうあるね」

といった。皮肉をいわれたのかとむっとして顔を見たが、彼女は真顔だった。僕はとぼしい給料から毎月天引き貯金をしているのに、彼女はあれだけの給料をもらいながら、

「あたしほとんど残高なんてないよ。後輩と一緒だったらおごらなくちゃならないし、結構たいへんなのよ」

とけろっとしているのだ。

僕は洋服や靴は彼女が買ってくるのを身につけているから、へたに無駄遣いはやめろともいえない。知り合いのメーカーのプレスの人に愛想をふりまいて、定価よりは安く手にいれているらしいのだが、毎月シャツだネクタイだスーツだと、たくさんの洋服をかかえて帰ってくる。

「あなたは目鼻だちがなくて、顔がのっぺりしているんだから、いい服を着てインパクトを与えなきゃダメよ」

と、僕と一緒に鏡のなかをのぞき込みながら彼女はいう。たしかに会社の若い女性たちに、

「素敵な服や靴ですね」

といわれる。

「そうかなあ」

といいながらも、内心はとってもうれしい。少なくとも「おじさん改造講座」で糾弾されるような、おじさんにはなってないなと安心するからである。しかしよく考えてみると、身につけている服や靴は誉められるのだが、

「素敵な方ですね」

といわれたことがない。誉められるのは首から下だけ。

（やっぱり顔の印象が薄いのかなあ）

と悩んだこともあるが、やっぱり、

「ま、いいか」

で終わらせてしまうのである。

妻の働きのおかげで何の苦労もなく暮らしてきた僕であるが、この十年の間、彼女の両親から、

「孫はまだか、孫はまだか」

といわれ続けている。両親がすでにいない僕のほうは、誰もぶつぶついわないのだが、彼女の両親はしつこく、

「孫、孫」

と迫ってくる。彼女が三十五歳になったもので、説得の文句のなかに、

「マル高」

ということばも加わるようになった。特にお母さんのほうは目つきが必死なのだ。

「いくら四十歳すぎで生む人が多くなったっていっても、母体も心配だし、生んだあとも大変らしいわよ。本当に一日でも早く生んで欲しいの」

早く生んでくれといわれても、白色レグホンじゃないんだから、そう簡単にボコボコ生めるものではない。両親の気持ちは十分に理解するが、とにかく彼女が子供を嫌がっているのが一番の理由だということをわかってもらいたい。文句をあてつけがましく僕にいうのは、筋違いというものである。

「病院へいったら?」

といわれる。

「欲しくないのよ、私たち」

と彼女が助け舟を出してくれるのだが、お母さんはひるまない。

「女が子供を欲しがらないなんて、そんなことあるわけないですよ。きっとあなたのことをかばっているんでしょ。お願いだから病院にいって、お医者さんと相談して、何とかしてちょうだい。ねっねっねっねっ」

力一杯しつこい。こんな険悪な雰囲気になっているときに、妻はよせばいいのに、

「私の友だちの旦那《だんな》さんがねえ……」

と大胆な話をし始める。その友だちの旦那は体育大学の出身で、とにかく体には自信があった。こんなに元気なのだから子種も元気だろうと、在学中に大学の顕微鏡でふざけて子種の状態をチェックしてみた。それは想像どおりに元気いっぱいで、彼はすこぶる満足した。ところが結婚したらいつになっても子供ができない。あんなに元気だったのにこれはおかしいと調べてもらったら、まるで別人のものみたいに半分は動かず、尻尾《しっぽ》もちょんぎれているものがあったりして、惨澹《さんたん》たるありさまだったというのである。

(よくもまあこんなあからさまな話が、自分の両親の前でできるなあ)

とあきれたが、両親は真剣な顔をしてうなずきながら、じっと僕をうらめしそうに見ている。そして、

「体育大学にいった、体が立派な人ですらそうなんですよ。それなのに尻尾がちょんぎれたのもあったなんて……。あなたの体格からしたら、もうどうなってるかわからないわね」

などと男のプライドを傷付けるようなことまでいわれてしまった。これではまる

で僕が悪者ではないか。

「そんなに子供、子供っていうんだったら、お父さんとお母さんが頑張ってつくったらどうですか」

といってやりたくなったが、やはりこれはしたないと思って、じーっと耐えた。僕だけが悪いんじゃない。自分たちの娘がどういうことをいったりやったりしているか、知ってもらいたいものである。

たとえばテレビに赤ん坊にお乳を飲ませている母親の姿が映し出されると、

「やあねえ、あんなになっちゃうのね。あれは女じゃなくてメスね」

ときっぱりいう。僕には特に意見がないので黙っていると、

「胸だってさあ、あとが情けないわよねえ。用がすんだらしぼむだけでしょ。子供を痛い思いをして苦労して生んで、胸は垂れるわ三段腹にはなるわ、そのうえ手間もお金もかけた子供がさあ、不良にでもなったとしたら目もあてられないよねえ」

と、マシンガンのように喋《しゃべ》りまくるのである。

「でも体つきが変わるのは母親なんだから、しょうがないよ」

といおうものなら、

「あたし、母親なんていや。ずっと女でいたいのよ」

と演歌の歌詞みたいなことをいう。そして、

「あなたも私の胸やお腹《なか》がだらーんと垂れるのなんていやでしょ。いつまでもスタイルがいいほうがずっといいでしょ」

と詰問《きつもん》するのだ。ここで本心の、

（もうそんなに興味はないけど）

などといったら血の雨が降るのは確実なので、

「そうだね」

といってお茶を濁す。こういっとけば彼女は満足なのである。興味はないといってもいちおう男だから、ごくたまにであるが、することはする。と、彼女は途中でガバと僕をはねのける。

「あ、だめだめ。今日は危ないんだった」

そしてあっけにとられている僕にくるっと背中を向けて、両足をしっかと閉じて寝てしまうのだ。僕としては子供が嫌いじゃないし、彼女の胸やお腹が垂れても別にかまわない。そんな人はいないけど、ばあさんになってもマリリン・モンローみたいな体つきをしているほうが、よっぽど気持ちが悪い。夫婦なんだから自然にまかせて、できたらできたでいいじゃないかと思うのだが、彼女はそうじゃない。そ

のくせそれから何日かたって、朝、トイレから出てくると、

「なーんだ。大丈夫だった。こんなことなら、ただでさえ数が少ないんだから、あのとき思いっきりやっときゃよかった」

と、これまた大胆な発言をするのである。彼女の発言や行動をすべてビデオに収録して、両親に見てもらい、僕のせいではないことを訴えてやりたい。でも夫婦のナマの話をするなんてやはり恥ずかしいから、きっとこれからも僕は両親の理不尽な冷たい視線を浴びなきゃならないんだろう。


このような僕の生活を友だちに話すと、みな一様に、

「いいなあ。おれたちもそういう生活をしたいなあ」

と口ではいう。でも目の奥からは、

「よく我慢してるよ」

という光が発せられているのが僕にはわかる。彼らの話を聞くと、会社の後輩の男のなかには、逆玉を狙っている奴が多い。そして結局は逆玉が成功して、自分は何の苦労もしないで、いい暮らしをしているというのだ。

「あんなの許せない。おれなんかみじめなもんだ」

と怒って酒をあおったのは、僕と同じ歳なのに、すでに四人の子持ちの男である。

明らかに生活に疲れているのがわかり、僕よりも五歳はふけてみえる。

「子供も、まあ、できてみればかわいいもんだよ」

と最初はいっているが、だんだん酒がすすむと、

「ふざけんじゃねえよなあ」

とぐちが始まる。そして最後にぐでんぐでんに酔っ払うと、いつも、

「またいだだけで子供を生む女房なんか、離婚してやるー」

とあたりかまわずわめき散らすのだ。

「お前、カッとくることとなんかないの。こういっちゃなんだけど、結構きついこといわれてるじゃないか」

耳元で僕にそうささやく奴もいる。

「たまにはあるよ」

「そういうとき、どうするんだよ」

「うーん、別に……」

「別にって、黙ってんのか」

「そうだな」

「あのなあ、男としてガツンというときにはいわないと、女房はますますつけあが

るぞ」

「そうだ、そうだ」

隣に座っていた関係ないおっさんまでがうなずいている。僕には男だ女だという意識はない。彼女が今のようになったのは、彼女の実力である。それは正直いってえらいと思っている。

「うちの場合、男と女が反対なんだよ」

そういったら、彼らに、

「それでいいのかあ」

とびっくりされた。

「きっと彼女の前世が男で、僕の前世が女じゃなかったのかなあ」

彼らはまるで相談したみたいに、はーっとため息をついて飲み屋のカウンターにつっぷした。そして念を押すように、

「本当に女房を怒ったことがないのか」

とたずねた。

「いいたいときはいわせておくさ。それで気がすむんだから」

再び彼らはため息をついた。

「無抵抗主義者なんだなあ、お前は」

「女の生まれ変わりというよりも、ガンジーの生まれ変わりかもしれんな」

みんなは僕の生活を酒の肴《さかな》にして、いいたいことをいって帰っていった。

彼らからみれば僕はふがいない奴かもしれない。だけど彼女が不規則な生活をしているせいもあって、たまに飲んで夜遅く帰っても何もいわれない。

「遅くなっちゃってまずいな」

と思っても、彼女がまだ帰っていないことも多いのだ。彼らの話を聞くと、「遅く帰ったら文句をいわれた」とか、「競馬ですったら嫌味ったらしく寝ている赤ん坊をひしと抱き、『赤ん坊のミルク代をドブに捨てた……』といってわめいた」とかいろいろなことがあるらしい。少なくとも僕にはそういう問題はないのだ。食事は外でいくらでも食べられるし、第一、町の定食屋のほうが、彼女が作るよりもずっとおいしい。掃除はインテリア命の彼女がまめにやる。一緒に長いこといると疲れるから、彼女が出張で何日か家にいないときが、僕の至福の時間である。ソファにゴロンと横になって手足をのばし、

「女房、達者で留守がいい」

とつぶやくのである。

サンダルとハイヒール

美智子と私は大学時代からの友だちだ。彼女は学校を卒業してから、ずっと独身。勤続十七年で今は社内でただひとりの女性係長である。私は学生のときに、ちょっと気を抜いたら子供ができてしまい、中退せざるをえなくなった。私も彼女も三十九歳だが、私は十八歳の男の子の母親となり、二人はまるで正反対の人生を歩んでいるのである。

私の夫は今、北海道に単身赴任中である。息子は友だちとのつき合い、アルバイト、スリーオンスリーがどうのこうのといって、帰るのも夜遅い。大学の付属高校で受験がないものだから、毎日、遊びほうけている。息子が帰ってくるまでは、私はひとり暮らしのようなものなのだ。アート・フラワーの教室に通ったこともあるが、教室のおばさん連中のくだらない噂話に閉口して、今は通うのをやめている。何かをしようと思うのだけど、何をしていいかわからない。やりたいことがたくさんあるような、だけどよく考えると何もないような、中途半端な気分で毎日が過ぎていってしまうのである。

学生時代、子供ができたとき、

(これで私の一生はおしまいだ)

とがっくりした。実は卒業したらスチュワーデスになりたいと思っていて、英語それを勉強するために、大学の授業が終わってから、英会話学校にも通っていた。それなのに、英語を身につける前に子供を身籠《みごも》って、もうお先真っ暗になってしまった。私の親には泣かれるし、彼の親には呆れられるし、ただ救いだったのは、彼の就職が決まっていたことだった。私はスチュワーデスの夢も破れて学校を中退。彼は若いのに、父親としての責任を負うことになったのであった。そしてそれから十八年、たいして波風も立たない平凡な家庭生活を送ってきたのである。

彼女は学生時代、フェミニズムに影響されて、たくさんの本を読んでいた。学校の帰りに喫茶店に寄ると、彼女は、

「ケイト・ミレットはこういっているの」

などといいながら、男と女の問題について話をしていた。しかし私は、そんな本の話よりも、つき合っていた彼が、今夜、私のところに来てくれるかしらというほうが大問題だったので、聞いているふりはしていたが、話は右の耳から左の耳にぬけていった。そんな彼女が、私の行動を手放しで祝福するわけがなかった。

私が臨月を迎えたとき、就職活動を開始しようとしていた彼女は、私たちが住んでいたアパートにやってきて、

「本当にあなたってかわいそう」

といって泣いた。私は太鼓腹をさすりながら、何もいえずに、

「うーん」

とうなっていた。彼女は、

「あなたは子供のために、自分の夢を捨てるのね。どうして気をつけなかったのよ。今さらそんなことをいってもしょうがないけど、本当にあなたは運が悪い」

と泣いたり怒ったりした。そして、

「これから女性もどんどん社会進出しなければいけない。日本の社会の男尊女卑体質を変えなければ」

と、太鼓腹の私の前で演説した。

「ふんふん」

とまた私は上の空で話を聞いていた。そんな話よりも、無事に子供が生まれてくるかどうかのほうが、ずっと重要な問題になっていたからである。

当時、私たちの就職は、親のコネがほとんどだった。そこそこの会社に就職し、そこで将来の夫をみつけるか、二、三年たったら見合いをするかで、多少の寄り道はあっても、いきつくところは結婚であった。しかし彼女は親のコネを断り、

「私は自分の力でやる」

といって、積極的に会社訪問をして、大手企業に就職した。

赤ん坊が生まれてから、就職した彼女が来てくれたこともあった。

「ふーん、これが赤ん坊か」

彼女は物珍しそうに、赤ん坊の匂いを嗅《か》いだり、手足を触ったりしていた。

「抱っこしてみる？」

「やめとくわよ。落としたら弁償できないもん」

彼女は顔をしかめた。赤ん坊が寝ているときは、

「かわいいわね」

といっていたが、ひとたび、

「ぎゃーっ」

と泣き出すと、彼女は露骨に嫌な顔をした。

「うるさいわねえ。よくこんなのが家にいて平気ねえ」

「昼間はまだいいのよ。うちのは夜泣きをするから大変なの。私なんか睡眠時間が三時間あればいいほうなんだから」

「あーあ、なんでまあ、こんなに泣くのかねえ。いつもにこにこ笑っていて、うんこもおしっこも全部自分で始末できる赤ん坊だったら、産んでもいいけど」

私だってこんなに赤ん坊が泣くものだとは思わなかった。近所の家の同じころに生まれた子は夜泣きもせず、お母さんは安眠できるといっていた。こんなところまで私は運が悪い。夜泣きとおむつの世話にあけくれながら、こんなことにならなかったら、今ごろは航空会社に就職して、スチュワーデスになる訓練を受けているであろう、自分の姿を想像しては、

「あーあ」

とため息をついたことも、一度や二度ではなかった。そんな複雑な思いでいる私の目の前で、彼女は、

「だからピルを早く解禁しないといけないのよ」

とまたぶつぶついっていたのだった。

彼女は最初、一般事務職をしていたが、

「これでは何年勤めても、キャリア・アップにつながらない」

と会社にかけ合って、広報部に異動してもらった。そしてそのときに、

「私の能力を会社が活かさないのはおかしいんじゃないですか」

と堂々と上司にいい放ったという。そのとき以来、彼女は会社で注目される存在になった。理解してくれる人も少しはいたが、ほとんどが、

「あのでしゃばり女」

という評価で、男性はもちろん、女性にも評判が悪かった。

「あたし、みんなから嫌われてるの」

彼女は電話で、けろっとしていった。やっぱり人から嫌われるというのは気になる。しかし彼女は、

「平気よ。私がちゃんと仕事をしているところを見せれば、そのうちうるさいこといっている奴らも黙るでしょ」

といって笑った。友だちではあるけれど、彼女は世の中の最先端を突っ走り、とにかく遠いところにいってしまったような気がしたのだった。

息子が小学校に上がるまでは、何がなんだかわからないうちに時間が過ぎていった。彼女も仕事がますます忙しくなってきたようで、電話をしてくる回数は減ってきたが、やっぱりいつも怒っていた。

「同僚の女の人がどんどん社内結婚してやめていくの。別にそんな規定なんかないのに。どういうつもりなのかしらね」

そんなことといわれても、私なんかずるずると家庭に入ってしまったので、何もいえない。

「それが仕事を捨ててもいいくらいの、いい男だったらいいわよ。みんなつまんない男なの」

彼女はいいたい放題だった。

「人間的にもぜーんぜん魅力がないし。おまけに自分のことは自分でできない、未熟な男ばっかり。結局、母親がわりにさせられて、女は喜んでいるのよね」

彼女の怒りは、同僚の結婚に対するものばかりではないことは、うすうすわかっていた。他の友だちの話を聞くと、女性が三十歳近くになると、事あるごとに、会社の人たちに、

「あなたはまだ結婚しないの」

としつこく聞かれることが多いらしい。まさに彼女は年齢的にそのまっただなかにいた。結婚したいと思っていてできない人はもちろん、それほど結婚したいと思っていない人がそういうことをいわれても、頭にくるのは当然だ。ましてや同僚の婚約者を、

「つまんない男」

というような彼女であるから、

「あんたたちに、そんなことをいわれる筋合いはない」

と会社でいきり立っているに違いないのである。

しばらく彼女はぐちをいったあと、

「ごめんね、いつもつまらない話ばかり聞かせて。あなたにこんなことといっても、わからないよね」

といった。これには私も頭にきた。私は本当に社会から置き去りにされているような気になった。

「よくわからないとは何だ」

といってやりたかったが、毎日、子供の世話をしているだけで、他には何もしていないから、そういわれても仕方ないかなあと思ったりもした。しかし私はなんだか彼女のぐちの掃きだめみたいになっているような気がして、気が重くなってきたのである。

息子が中学生になったとき、彼女が久々に遊びにきた。どこから見てもキャリアウーマンであった。きちんと化粧をし、スーツを着てハイヒールを履き、手土産も花束とゴディバのチョコレートだ。それに比べて私はといえば、安楽な服に慣れてしまって、髪型は手間もかからず、二、三か月は美容院にいかなくても平気なボブスタイル。二人並ぶと、明らかに社会人かそうでないかは歴然としていた。

「こんにちは」

挨拶をした息子に、彼女は目を丸くして、

「まあ、こんなに大きくなったの」

と立ちつくした。

「今年から中学なの。背も百六十五ぐらいかな」

「へえ、あのびーびー泣いていた子が、あんなに大きくなったの」

彼女は信じられないというような顔をした。

「そうか。私だって歳をとるはずだわ。ね、見て見て。私、ここ、小皺《こじわ》がすごいでしょ。ね、見て、ほら」

彼女はそういって顔を近づけてきた。

「そうかなあ。よくわからないけど」

私は彼女に会って、すごい小皺だなあと思っていたのだが、心にもないことをいってごまかした。

「まったく、よく見てよ。このごろすごく皺がふえてきたの。嫌になっちゃうわ。ちゃんと美容液をつけてるのに……」

彼女は私の顔をあらためて眺めながら、

「そういえば、あなた。皺が少ないわねえ」

とつぶやいた。たしかに彼女に比べれは、着ているものも外見も、洗練されてはいないが、皺だけは少なかった。

「よく、子供をひとり産んだ女の人が、いちばんきれいだっていうけれど、そうなのかしら。あなたはもうちょっとかまえば、すごくきれいになるのに。子供にも手がかからなくなったんだから、少しは自分のことを考えたほうがいいわよ」

といい、自分が使っている化粧品をたのまないのに教えてくれた。しかしそれはどれもこれも、シャネルだのゲランだのといったものばかりで、私立校に通う中学生を持った、ごく普通のサラリーマン家庭の専業主婦の身には、おいそれと揃えられないものばかりだった。

「もうちょっとお化粧をしたほうがいいかしら」

と手鏡を持った私に、彼女は、

「私、お見合いしないかっていわれてるの」

とぼそっといった。

「えーっ、ほんと」

私は自分に見合いの話がきたみたいに、どきどきした。今まで仕事一途で、おまけに結婚に批判的だった彼女が、どういう人とお見合いするのか、想像もできない。

「いいじゃない。すれば、すれば。嫌だったら断ればいいんだし」

一も二もなく賛成して、私は身をのりだした。

「面倒くさいし、気がのらないんだけど。三歳年上なんだけどね、相手は。仕事でとてもお世話になった方の紹介なのよ。うちの取り引き先の部長からの話だし、無下に断れなくて」

嫌そうだが、どことなく恥ずかしそうにしている姿を初めて見た。

「いいじゃない、会いなさいよ」

私はここ最近、こんなに胸がわくわくすることがあったかしらと思った。息子の受験は胸がわくわくじゃなくて、どっきんどっきんしたから、心臓に悪い。だけど今回は、私にはうれしいことだった。

「昔と違うんだから、会ってその気にならなければ、断ったってぜーんぜん平気よ」

「……そうね」

私と彼女とのつき合いで、初めて主導権を握ったような気がした。

「ご両親には話したの」

「とんでもない！」

彼女は大声を出して顔をしかめた。

「そんなことが知れたら、親は親戚全員をひきつれて、のぼりを立てて上京してきちゃうわよ。私がどんなに嫌だっていったって、相手に『もらってくれ、もらってくれ』って迫るに決まってるんだから。それにね、『仕事もいいが、頼むから結婚はしておくれ。そうじゃないと、お父さんとお母さんは、親戚のなかでとても肩身が狭いんだ。ついこの間も、隣のおばさんに、そういえば、おたくの美智子さんは、今、どうしてるといわれて、冷や汗をかいた』なんていうのよ」

私の親は、結婚しなければならなくなったとき、二人でがっくりと肩を落としていた。親は親なりに娘の結婚については夢を持っていたようだ。私が小さいころから、スチュワーデスになるんだといい、勉強もしていたから、将来はパイロットと結婚すればいいと思っていたらしい。それが学生でお腹《はら》が大きくなってしまい、親としては夢を打ち砕かれたようなものだった。最初は私を孕ませた彼のことを、まるでけだもののようにいっていたし、目つきも冷たかったが、息子が生まれたとたんに、ころっと態度が変わった。それまでは母親はともかく、父親がアパートに来ることなどなかったのに、孫ができてからは、双方の親が集まって、

「あっちのおばあちゃんに、こっちのおばあちゃん」

などといい合っては、孫を抱いて喜んでいた。美智子がそうなるなんて、想像もつかないけれど、結婚するチャンスが与えられたんだから、彼女もかたくなに拒絶する必要はないんじゃないかと、私は相手に会ってみることをすすめた。

「ね、会ってみたら。いい経験にもなるし。そうじゃなかったら、ただで食事ができればいいと割り切ればいいいじゃない」

「それもそうね」

彼女はうなずいた。私は会ったあとに、必ず連絡をちょうだいねと頼んだ。そしていったいどうなるのかしらと、平凡な生活のなかで、胸をはずませていたのだった。

見合いのあと、かかってきた電話は、淡々としたものだった。別に親や仲人が同席するような見合いではないので、紹介してくれた人が連絡してきた場所に二人が出向くという、会社の打ち合わせの延長みたいなものだった。もっとロマンチックなものを期待していた私は、ちょっとがっかりした。

「ねえ、それでどんな人だったの」

「うーん、まあ、典型的中年サラリーマンってとこね。別に仕事ができそうな感じもしないし、趣味がよさそうな感じもなかったし」

「どこで待ち合わせたの」

「ホテルのロビー。その人、入ってきた私のことを、ちらっと見たくせに、顔をそむけたの。それでちょっとむっとしたんだけど、そばにいって、失礼ですけれどっていったら、『あっ、どうも』なんていうの」

「あらー」

のっけからあまり調子がよくない。

「それからホテルのレストランに行ったんだけどねえ。まあ、何というか……」

沈黙が流れた。

「話が合わなかったんだ」

「そう。全然、盛り上がらないし、私が興味のない、将棋の話を延々聞かされたって、楽しくも何ともないわよ」

「そりゃ、そうね」

「だいたい、初対面なのに、『あなた歳よりも落ち着いてみえますね』っていうのよ。二十代の女の人にいうのならわかるわよ。三十すぎの女にいうなんて、『あんたは老けてる』っていうのと同じじゃないよねえ」

彼女は面長の顔立ちだから、若く見られることがないのは事実である。

「それにねえ、レストランにいた他のカップルを見て、『最近の若い女性は、本当にきれいになりましたねえ。僕なんか会社に新しい女性社員が入ると、うれしくてたまりませんよ』なんていうの。それを勤め続けて十二年の私にいうなっていいたいわよ」

「それは、そうよ」

「そしてだんだん私の仕事の話になって、うちの会社が女に甘いというようなことをいうわけ。『あまりベテランの女性がいると、会社もなかなか大変ですね』なんていうのよ。それは私の上司にいってくれっていいたくなったわよ」

せっかく平凡な生活のなかでの、珍しくときめく話だったのに、私はがっくりした。もうちょっとましな男を紹介してあげればいいのにと、悔しくなった。私が黙っていると彼女は、

「いわれるばかりで頭にきたから、男の人で仕事のできる人が少ないから、女も中年になってもがんばらなきゃならないんですよねっていってやった」

といって笑った。

「一緒に食事をして、つまらない人はだめね。これは致命的だわ。一緒にいればばい

るほど、不愉快になるんだもの。あれだったらひとりで食べたほうが、ずーっとましだわ」

「やめたほうがいいわ。あなたも不幸になるよ」

「そうそう、お互いのためにやめたほうがいいわ。むこうだってそう思ったでしょう、きっと。あれで私と結婚したいなんていったら、よほどのアホよ」

彼女はもちろん紹介者に断った。ところが驚いたことに、相手は、

「結婚したい」

といったそうで、彼女はまたまた呆れかえっていた。

「あの状況が何だか把握できないなんて、とんでもない大馬鹿者だ」

と電話で報告してきて、私もあっけにとられてしまった。

「これだけ鈍感だから、今までひとりでいたのよ。ま、人のことはいえないけどね」

彼女はそういって笑った。そして彼とは全く結婚の意思がないということを、あらためて紹介者に伝えたといっていた。

話はそれで終わったと思ったが、そのあとが大変だった。

「ちょっと、聞いて」

と切羽つまった声で、夜、彼女は電話をかけてきた。彼女が見合いをしたという話は、会社中に広まっていた。紹介をしてくれた人が、会社の上司に見合いの話をぽろっとしてしまった。彼女が断ったという話はせず、そのうえ、「男の人で仕事ができる人が少ない」といった話が、「会社の男の人が仕事ができない」というふうに歪曲《わいきょく》して伝わり、大騒ぎになっているというのである。誤解した上司は、みんなのいる前で、

「きみ、この間、見合いしたらしいね」

といった。びっくりした彼女が、呆然としていると、

「会社の男は仕事ができないといったそうじゃないか」

というので、仰天したというのである。彼女があわてて否定しても、上司も同僚も冷たい目をして相手にしてくれない。そのうえ、

「きみががんばってきたのは、僕たちが仕事ができないからだったわけか」

と集団で拗《す》ねているというのである。

「今の上司は、私のことをあまり気にいってないから、それが爆発したみたいなのよね。ねちねちと毎日、皮肉ばかりいうのよ」

女性社員は、今まで見合いなどという言葉とは無関係に思っていた人が、そんな

ことをしたというので、格好の噂話にしたし、男性の部下からは、

「いつも偉そうなことをいってたって、結局は結婚したいんじゃないか」

といわれているのだという。

「私、もう、どんな人に紹介されても、あんなことはしないわ！」

「そんなことないわよ。今回はたまたま、妙なことになっただけよ」

「そうかしら。私が会社にいる限り、そういうことをしたら、面白おかしく噂話のネタにされるだけだわ」


プライベートなことまで、あれこれいわれるのは、とても気の毒だった。もしかしたら彼女は、もし会っていい人だったら、結婚するつもりじゃなかったかと思ったりもした。彼女の性格からいって、嫌なものは絶対に嫌な人だから、やはり相手に会ってみようとしたのは、そういう気持ちが少しでもあったからではないかと思うのだ。しかしそれから彼女の周辺には、胸がときめくような噂などなく、これまでと同じように、仕事ひとすじになっていったようなのである。


それから五年たち、彼女はついこの間、マンションを購入した。以前に比べて安くなったとはいいながら、大きな買い物なのは間違いない。

「偉いわねえ」

私はため息をついた。

「別に偉くも何ともないわよ。ま、ひとりでいるとね、家とか、そういうものに頼りたくなるのよ。まだマルチーズみたいな室内犬を飼わないだけ、ましだと思ってよ」

彼女はつねづね、女がひとりで暮らしていて、動物を飼うのは最悪だといっていた。

「あんなことをするくらいなら、まだ外に出てゴルフや海外旅行をしているほうがいいわ」

そして彼女はそのとおり、ゴルフを始め、休暇のたびに海外旅行に行き、私にも化粧品やスカーフを、どっさりお土産にくれた。

「私がいったみたいに、お化粧してごらんなさいよ。絶対に素敵になるから。家のなかで女性は一人だけなんだから、華やかにしていたほうがいいわよ」

というアドバイスつきだった。

「お化粧しても、着るものがないわ」

といったら、

「嫌じゃなければ着て」

といって、服をいっぱいくれた。全部着てみたが、半数はスカートのウエストがきつかったので、近所のリフォームの店にたのんで直してもらうことにした。出来上がった服を鏡の前で着ていたら、息子は、

「何それ」

と呆れ顔でいう。

「もらったの」

「ふーん、誰から」

「美智子さん」

「ああ、あのきつそうな人」

「やだ、そんなこというもんじゃないわよ」

「だって、中学のとき会ったことあるけど、あの人、なんだか怖いじゃん」

「一生懸命に仕事をしているから、大変なのよ」

「ふーん。でもお母さんはぼーっとした顔してるから、そんなかっちりしたスーツなんか似合わないよ」

息子は宝物にしている、バスケットボールチームのTシャツに、黒の中途半端な丈のパンツを身につけている。

「あなたの格好だって、変だと思うけどねえ」

といって振り返ったら、もういなかった。ながいこと家庭に入っていたから、スーツが似合わなくなったのだろうか。ふだん着ている、ゆとりのある安楽な服が、まるで皮膚のようになっている。美智子が私みたいな服が似合うかというと、やはり似合わない。彼女にはやっぱりかっちりしたスーツやバッグが似合うのだ。

四十歳を前にして、私もいろいろと考え始めた。息子も大きくなったし、北海道から夫が帰ってくるにはまだ間があるし、やろうと思えばいくらだって、好きなことができる。息子にどうしようかと相談したこともあったが、

「好きなようにすればいいじゃん。でもさあ、スーパーの制服を着て、のけぞりながら、どひゃひゃひゃって笑うようなおばさんにはならないでよ」

といわれてしまった。でもパート先で気の合う人ができたら、きっと私ものけぞりながら、

「どひゃひゃひゃひゃ」

と笑ってしまうだろう。

美智子は、

「パートでも何でも、やってみればいいのよ。私がお見合いしたときにあなたがい

ったみたいに、やってみなきゃわからないじゃない」

といいう。彼女はゴルフをやっているが、それも実はたいして面白くないのだといった。コースを回る人も、会社関係の人だし、

「ほとんど中年のおやじと同じことをやってるだけなのよ。これで家庭的なことができれば、まだいいんだろうけど、料理も下手だし、不器用だし。仕事だけは誰にも文句をいわせないけどね」

と、彼女は何があっても淡々として、冷静だった。この人は一生、このまま仕事にだけエネルギーを集中して暮らしていくんだろう。だけどその仕事もいつかはやめなければならない。そのとき彼女はどうするのだろうか。

私は彼女に、

「会社で独身の男性はいないの」

と聞いてみた。

「いるわよ。でも、最低」

彼女はいい放った。四十代、五十代の独身男性はいるが、彼らは三十歳以上の女性を結婚相手としては考えていないのだといっていた。

「そんなことないでしょう」

「ちがうの、あの人たちはそうなの」

後輩の社員が、社員食堂で彼らに、

「どういう人が好みなんですか」

とたずねていた。どういうふうに答えるかと、聞き耳をたてていたら、その独身男たちは、

「杉本彩はいいぞ」

「いや、細川ふみえちゃんの胸だってたまらない」

「やっぱり小泉今日子だ」

などといい出したのだそうだ。聞いた後輩もあまりの答えに驚いて、

「もうちょっと歳をとっている人でいませんか」

といったら、「三田佳子」「岩下志麻」「吉永小百合」と答えた。そして、

「今まで我慢してきたのに、不細工で歳をとった女なんか女房にできるか。なあ」

などと暴言もはき、みんなで、

「そうだ、そうだ」

といっていたというのだ。

「そいつら、みんなお腹が出てて、毛も薄いのよ。女の人の容姿のことなんか、い

えたような奴らじゃないのよ」

　年下で誰かいい人はいないのといっても、

「だめよ、みんな私のこと、怖がってるんだから」

　とすげなくいわれてしまった。こんなことでは、会社で彼女の伴侶《はんりょ》を見つけるのは無理らしい。私は彼女に一度は結婚してもらいたいが、彼女はそんなことは、気にもとめてないようだ。最近は会社に行く前に教習所に通って免許を取り、若葉マークをつけてベンツに乗っている。

「練習のためにベンツで行くね」

　といっていたので、心配して家の前まで出てみたら、超安全運転でベンツはやってきた。

「これ、このあいだ田舎に帰ったら、母が樽《たる》のままくれたのよ。野沢菜漬けなんだけど、田舎の人って、量が多ければ多いほどいいと思ってるのよねえ。いい迷惑なのよ」

　彼女は厳重に包まれたビニール袋を取り出した。おいしそうな野沢菜が入っている。

「帰ったときに父ったら、この間、お前にそっくりな人がテレビに出てたぞっていうの。『びっくりして見ていたら、その人、ゲイ・バーのママだった』っていうのよ。本当に頭にきちゃうわ」

彼女はあっはっはと笑った。私も思わず笑ってしまった。上がっていけばと誘った私に、彼女は窓から首を出したまま、

「あと三軒、友だちのところに野沢菜を配達しなきゃならないのよ。じゃあね」

と早口でまくしたてて、ベンツを発進させた。もたもたしているものだから、若者が乗った五〇ccのバイクに抜かれていた。私は赤いテールランプがやたらと点滅するベンツを見ながら、

「このまま運転は上手にならないほうがいいよ」

とつぶやいたのだった。

おかめ日記

毎朝、カメヨは六時に起きる。起きるとまず柔軟体操をする。空中で重量挙げをするような格好をしたり、ガニ股でひょこひょこそこいらへんを歩き回ったりする、珍妙なものである。十年前にいやいや参加した、町内の老人会で教わったもので、「股をなるべく開くようにすると健康によい」と体育指導の先生がいったのだ。そのときは、

「こんなことできるか」

とバカにしていたのだが、やってみると結構気持ちがよかったので、続けようと思ったわけではないのに、習慣になってしまったのである。


大場カメヨは八十八歳である。六畳と四畳半と台所、そしてほどほどの庭がある一軒家に、雑種犬の十歳のコロちゃんと一緒に住んでいる。彼女には三男三女があり、みなそれぞれに所帯を持っている。夫はカメヨが一番下の娘を出産した直後に、勤務先の会社で心臓発作で亡くなってしまった。カメヨが三十歳のときであった。そのときの感想は、悲しいというよりも、

「あららら」

という感じであった。

「行ってくる」

と、朝、いつものように威厳たっぷりに出て行ったのに、夕方、家に戻ってきたときは、顔に白い布を掛けている。まるで夢を見ているかのようだった。九歳の長男、七歳の長女は幼いながらも事の重大さを悟り、涙をぬぐっていたが、他の子供たちは全く事情がわからず、ちょっと目を離すと横たわっている父親の顔から白い布をはぎ取って、

「いない、いない、ばあ」

をしたり、

「早く起きてえ」

といいながら、布団の上で跳躍したりした。子猿《こざる》とたいして変わらない幼い我が子たちを見ると、よよと泣いているわけにはいかなかった。彼女は葬式の間じゅう、頭の中で今、うちにいくらお金があるか計算していたのであった。幸い、夫の勤務先の人々の好意で、同じ会社の事務員として働くことになったが、三十歳で寡婦《かふ》になってから一番下の娘が学校を卒業するまでの約二十年の間、子供たちの父となり母となってきたのである。

「御苦労なさったんだから、御長男と同居すればいいのに」

という人もいた。しかしカメヨは、ふつうの人ならば、

「そうですねえ」

と、答えるところを、

「二十年間、子供のために働いてきて、やっと自分の時間が持てるようになったのに、また子供と係わり合うのはゴメンです」

とはっきりいう。そのたびに相手に仰天されてしまうのである。就職して給料をもらうようになったら、子供はさっさと手元から離れ、勝手にやってもらいたいからだ。子供たちは、

「もう歳なんだから、意地をはらないで一緒に住んだら……」

といってはくれるが、コロちゃんと好きに暮らしているほうが、嫁や孫に囲まれてのんびりとしているよりもずっと楽しいのである。

息子や娘と一緒にいても、カメヨは毎日喧嘩をしてしまいそうな気がしていた。どうしてあんなに我が子のいうなりになるのか、わからない。話に聞くだけでも頭に血がのぼるのに、それを目《ま》の当たりにしたら、はっきりいわなきゃ気がすまない性格が災いして、大騒動になるのはわかりきっている。孫は学生のぶんざいで車を買って欲しいという。海外旅行をねだる。就職してホッとしたと思ったら、家

が欲しいから頭金を出してくれとねだりに来る。毅然《きぜん》とつっぱねればいいものを、息子や娘たちは、

「困ったわねえ」

といいながら財布のヒモをゆるめてしまう。そしてカメヨのところに来ては、

「やりくりが大変だ」

とぐちるのである。子供も孫も憎くはないけど、カメヨはそのように、いつまでたっても子供の面倒を見すぎる感覚にはついていけないのであった。


柔軟体操が終わった後、カメヨは庭に下りていき、ふた坪ほどの家庭菜園から、にんじんや菜っぱをひっこぬいて、朝御飯のおかずにする。肉も魚もなんでも食べるが、ふだんは粗食である。庭でごそごそやっていると、犬小屋でまるまっていたコロちゃんが、後ろ足で体を掻《か》きながら、のっそりと起きてくる。そして両手に野菜を持ったカメヨに向かって、

「おはようございます」

といいたげに、愛想よく尻尾《しっぽ》を振る。コロは人がいいというか、犬がいいというか、家を訪れる人は誰彼かまわず歓迎してしまう。ありがたいような困ったような

性格をしている。コロにはドッグ・フードではなく、基本的にカメヨと同じものを食べさせる。残飯整理をしてくれなきゃ、犬を飼っている意味がないからである。でもコロの頭を撫でているだけで心がなごむ。そしてコロは「みそ汁かけ御飯」をアルミのボウルに入れてもらって、うれしそうに尻尾を振っているのである。

朝御飯が終わると、腹ごなしの散歩。家から近くの山まで往復一時間の道のりである。途中で顔見知りの人に会うと、

「いいお天気ですねえ」

などとあたりさわりのない会話をかわす。コロも相手が連れている犬に向かって尻尾を振って挨拶をする。たまにコロが尻尾を振っているというのに、おびえてキャンキャン吠えながら走り去ろうとする犬がいる。そういう姿を見ると、カメヨは、

「コロがちゃんと挨拶してるのに、何たる犬だ。挨拶くらいちゃんとしろ」

とむっとしてしまう。人間でも動物でも無礼な奴は許せないのである。ここのところ、散歩の途中で会う顔見知りの人が、ひとり減り、ふたり減りするようになった。どうしたのかなあと思っていると、霊柩車《れいきゅうしゃ》が家の前を走り去っていく。そのたびにカメヨは霊柩車に向かって手を合わせるのであった。

「おばあちゃんはお元気でいいわねえ」

昭和二年生まれの近所の奥さんはいう。こういうときも、ふつうのおばあさんだと、

「はあ、おかげさまで」

というものだが、

「明治生まれと昭和生まれでは、気概が違うから当たり前です」

とこれまたいいきってしまうのである。

「まだ六十過ぎのくせに、足や腰が痛いとかいって、本当に情けない。気がゆるむから病気に取りつかれてしまうんだ」

自分の息子や娘、その配偶者を前に、正座したカメヨが説教することが、年に何度かある。

「そうはいってもなあ……」

すでに頭髪もまばらになってきた長男は、腰をさすりながらため息をついた。

「おかあさんは特別ですよ」

嫁も足をさすりながらいった。

「両手に荷物を持って、時間前に発車したバスを怒鳴りながら追いかける、八十過ぎのばあさんなんていませんよ」

五十肩の次男がそういうと、一同は深くうなずいた。

「どいつもこいつも弱音ばかり吐きおって」

カメヨの背中がいちばんしゃんと伸びていた。

「こんなんじゃ、みんなが先にあの世にいって、私だけがとり残されそうだ。ハッハッハ」

と豪快に笑う。そしてあっけにとられている一同を尻目に、

「それじゃ、そろそろゲート・ボールの時間だから、これで失礼」

と、すたすた外へ行ってしまうのである。

ゲート・ボールはカメヨの日課になっている。ゲート・ボールは大好きなのだが、嫌な奴がいっぱい来るのが気に入らない。ゲート・ボールの面白さのために、行くのはやめられないのだが、じいばあがより集まった人間関係の面倒くささは何とかして欲しいと思っている。カメヨはうじうじした性格とか、陰気な性格の人間や動物が大嫌いである。ところがなかにはそういう人も来る。無視すればいいのかもしれないが、カメヨの場合は無視できない。

「あんたのそういうとこがいけないんだ」

と厳しく追及し、相手を半泣きにさせてしまうのだ。カメヨの場合は、自発的に

ゲート・ボールをしたいと思って通っているのだが、じいさんばあさんのなかには、家に居場所がないので、仕方なく年寄りが集まっているゲート・ボール場に来る人がいる。ゲート・ボールなどどうでもよくて、ただ自分のグチを聞いてもらいたいがためにやってくる。このようなじいばあをカメヨは許さないのである。

あるとき、ふつうにしていても顔が泣き顔になっているじじいがやってきた。カメヨはひと目見て、

「変な顔」

と思った。いつもぶつぶつ口の中で何事かいっている。ゲート・ボールをやったことがないくせに、かまえているじいばあの背後で聞こえよがしに、

「そんなへっぴり腰でよく打てるもんだ」

とか、

「あれあれ、いつになったら先にすすめるものやら」

と嫌味をいう。他のじいさんばあさんが嫌な顔をしても泣き顔のまま平然としている。

「ちょっと、あんた、うるさいよ」

カメヨがそういうと、泣き顔のじいさんは首をすくめて、

「おお、こわい。やだねえ、この歳になってまだ気の強いばあさんは」と減らず口を叩くのである。カメヨはこの減らず口を叩く奴というのも大嫌いである。

「あんたがぶつぶついうおかげで、みんなが迷惑してるんだ。とっととどこかへ行ってしまえ」

カメヨは玉叩き棒を振り上げて、出口を指した。泣き顔じじいはへらへらと知らん振りをしている。

「とっとと出て行け」

もう一度カメヨが怒鳴ると、そばにいた、いつもまとめ役のじいさんが、

「カメさん、まあ、おさえて、おさえて。私からもよくいっとくから」

ととりなした。周囲のじいさんばあさんは、困った顔をしてただぼーっと立っているだけだった。

「ふん」

カメヨはみんなを無視して、パカーンと玉を打った。みごとにゲートを通過した。ゲート・ボールのうまさでは、みんなから一目おかれているのだ。ぼーっとしていたじいさんばあさんも、豪快な一打に刺激されて再びわらわらと集まってきて、ま

るで何事もなかったかのようだった。嫌味な泣き顔じじいは、仲間はずれになった。

するとく彼は自分に気をひいてもらおうと、近くにいるじいさんばあさんに、

「いやあ、うちの嫁がひどくてねえ。私はいつもいじめられているんです」

と訴え始めた。ごはんのおかずが一品たりないの、自分にはおやつのアイスクリームがなかったの、らくだのシャツをたのんだのに、スーパーの特売でメリヤスのを買ってきただの、どうでもいいことをさっきと同じようにうじうじといつまでもいっているのだった。話しかけられたじいさんばあさんも、最初は生返事をしていたが、しまいにはカニのようにつつつと横歩きをして、泣き顔じじいから遠ざかっていった。泣き顔じじいを中心にして半径二メートルには、誰も近寄らなくなってしまった。そしてカメヨがゲート・ボールに熱中している間に、泣き顔じじいは姿を消してしまったのである。

カメヨが、

「ああ、よかった。これでもう来ないな」

と胸をなで下ろしたのを裏切るかのように、翌日も彼はやってきた。

「やあ、きのうは失礼、失礼」

泣き顔のまま、言葉づかいだけは妙に明るかった。みんなが柔軟体操をしている

のに、彼は何もせず、隣りで膝の屈伸をしているじいさんの目の前に、

「現役のころ、結構手広く商売をやってましてねえ。家に捨てるわけにもいかない在庫があるんですよ。よろしかったらガラクタですけどさしあげましょ」

といいながら、時計をぴらぴらさせた。

「結構です」

じいさんが無表情で屈伸運動をしながら断わると、今度は後ろにいたばあさんに、パールのネックレスをちらつかせながら同じことをいった。

「あーら、おばあさんがそんなきれいな首飾りをもらっても、つけていくとこなんかないわ」

ばあさんにも断わられた。泣き顔じじいはじいさんには時計、ばあさんにはネックレスをちらつかせていたが、みんなに断わられていた。カメヨのところにはやってこなかった。

「あんた、何しに来てんの」

ひとりのばあさんが冷たくいった。この人はカメヨがなかなかの人物と目をかけている竹田ウメコであった。

「ゲート・ボールをする気がないんだったら、出て行ってください」

カメヨと違って、色白で美形のウメコばあさんにそういわれた泣き顔じじいは、はっとした顔をし、ずるずると後退《あとずさ》りしながらゲート・ボール場から出て行った。まとめ役のじいさんは、

「ちょっとかわいそうな気もするなあ」

と心配していたが、他のじいさんばあさんは泣き顔じじいのことなど気にかける様子もなく、順番にパカンパカンと玉を叩いていた。次の日、ゲート・ボール場のフェンスに両手をかけて、みんなが競技しているのをじーっと眺めている泣き顔じじいの姿があった。そしてみんなが帰るころになると、ふっと姿を消した。

「ちょっと、かわいそうだったかしら」

哀れを誘うその姿に、みんな心を少し痛めたが、カメヨだけはそうではなかった。

「心を入れ替えたら仲間にいれてやる」

と、キッとした態度でいた。そのおかげでますます、

「カメさんははっきりしてるからなあ」

といわれるようになってしまったのである。カメヨはあまり人間関係に波風を立てたくないために、口をつぐむじいさんばあさんのなかで、ひとりではっきり物をいって大波を立てるタイプなのであった。

ゲート・ボールが終わると、カメヨは商店街で買物をして帰る。コロちゃんには好物のメンチカツを買う。そして朝に取ってきた庭の野菜の残りを使い、晩御飯をすませる。そして人生最大の楽しみである、テレビのナイター観戦。ここでも黙って見ていられない。テレビを見るときの教えどおり、最初は二メートル離れているのだが、中継が終わってふと気がつくと、画面の三十センチ手前に正座していることもあった。怠慢なプレーを見ると、

「ちんたら、ちんたらするな」

「何やってんだ、こいつは」

「来年は減俸《げんぽう》だぞ」

　と叫び続ける。しかし清原だけは、

「清原さま」

　と崇拝して何をしても許してしまうのである。そのうえ恐ろしいことに、カメヨは清原の打率を毎年記憶していて、野球シーズンが到来すると、スポーツ新聞を購入し、

「清原さまには去年より、もうちょっと打率を伸ばしてもらわないと、あたしは納得できない」

と気合を入れる始末なのである。その他、激動する東欧情勢はいかに、株はどうなるか、若貴兄弟の今後など、どうしてこんなことを知っているのか不思議なくらい、すべての情報に長《た》けている。そして孫をつかまえては、

「あんたはどう思うか」

と突っ込むのも楽しみのひとつである。そこで、

「えーと」とか「あーと」と孫がうろたえると、

「若いくせに情けない。少しは世の中の流れというもんを勉強しなさい」

と一喝《いっかつ》する。これでカメヨはますますスッキリするのである。「若い奴は甘やかしてはいけない」がカメヨの信条である。若い人に何かをしてもらって、過剰に、

「ありがたい、ありがたい」

と喜ぶ年寄りが嫌いである。手っとりばやくいえば、自分以外の年寄りは認めていないのである。

カメヨが商店街の安売りでしこたま日用品を買い込んだ帰り、車に乗った必要以上に笑顔がオーバーな中年の男に、

「おばあちゃん、荷物があって大変ですねえ。おうちまでお送りしましょう」

と猫なで声をかけられた。たしかにそのとき、彼女は両手に大荷物を持っていた。

おまけに肩からは誕生日に長男の嫁からもらった、印鑑と貯金通帳と財布入りのポシェットを提げていたのだった。

「すぐ近くですから結構です」

はっきり断わって歩き出しても、男は車をゆっくり走らせながら、しつこく、しつこく、

「うちにもおばあちゃんくらいの母親がいるんですよ。だからほうっておけなくて」

と車に乗れと誘った。

「はあ、そうですか。それだったらさっさと家に帰って、おかあさん孝行してあげたほうがいいんじゃないですか」

カメヨは前を見すえたまま、きっぱりといい放った。

「うっ」

男はぐっとことばにつまったが、また満面に笑みを浮かべて、

「いやあ、今は一緒に住んでいないんですよ。同居しているときに親孝行しておけばよかったんですけどねえ。だから今は、おばあちゃんを母親だと思って、ね、僕に孝行させて下さいよ」

(何をいうか、このバカたれが)

カメヨは男を無視して、すたすたと早足で歩き始めた。

「おばあちゃん、ねえ、おばあちゃん、すぐ近くだったら、車に乗ったってたいしたことないでしょう。送らせて下さいよ、お願いしますよ」

(うるさい)

何といわれても彼女は男を無視した。

男は車をゆっくり走らせたまま、しばらく黙っていた。そして唐突に、

「そうだ、おばあちゃん、いいものをあげましょう。ただですよ」

といった。しらんぷりして歩いていると、男はまた、

「とってもいいものですよ。僕、本当におばあちゃんが気に入ったから、ただであげますよ」

としつこくいった。

「御親切はありがたいんですけどね、ほれ、このとおり両手に荷物を持ってますんで」

「だから一緒にお宅まで行って、そこで差し上げるということで」

男はまた満面に笑みを浮かべた。カメヨが無視しているのにもかかわらず、男は

ずーっとくっついてきた。腹の中で、

（しっしっ）

と追っ払っていたのに、とうとう家までついてきてしまったのであった。

「ここから中に入ったら、警察を呼ぶからね」

カメヨは門を指さし、中に入っていった。こういうときにコロがギャンギャン吠えてくれれば、男も少しはひるみそうなものなのに、悲しいかな、コロは、まるでお友だちが来たかのように尻尾を振っている。

「かわいいワンちゃんですねえ。なんていうお名前ですか」

男はしきりに取り入ろうとしていたが、近所の小学生がコロの小屋にいたずら書きした、「犬の名前、どらみちゃん」という文字を見て、少しあわてたようだった。

「おじゃまします」

男は図々しく縁側に腰をかけた。

「おばあちゃん、これ、差し上げますから」

手にした手提げ袋の中から品物を取り出した。中から出てきたのは反物だった。

「これ、紬《つむぎ》です。買えば相当するものですけど、どうぞ」

カメヨが見たところ、それはニセ物だというのがすぐわかるちゃちな代物《しろもの》だった。

「いりません、そんなニセ物」

「ニセ物じゃないですよ。本場ものですよ。ほら、触ってみて下さいよ」

男はそういいながら、靴を脱いでじりじりと部屋に上がってきた。コロも、

「ちょっとおかしい」

と気がついたのか、小さな声で、

「ウー」

とうなり始めた。

「ちょっとあんた、中に入っちゃいけないっていったでしょ。さっさと出て行ってよ」

「これをニセ物といわれたんじゃあ、おとなしく帰れませんよ」

「あたしゃ、あんたと本物かニセ物か当てっこしてるわけじゃないんだから、帰れっていってるでしょ。悪いけどね、あたしの実家も亡くなった主人も呉服屋やってたんだよ」

カメヨは口からでまかせをいった。男はギョッとした顔をして一瞬たじろいだが、すぐ態勢をたてなおし、家の中を見回しながら薄気味悪い猫なで声をだした。

「おばあちゃん、ひとり暮らしですか。淋しいでしょう」

「いーえ、全然」

「……。そ、そうはいっても、病気になったら困るでしょう」

「そうですか」

「そんなときにも、ね、私がすぐ来てあげますよ。おばあちゃんをおかあちゃんって呼ばせて下さいよ。そうだ、重い荷物を持って疲れたでしょう。肩を揉《も》んであげます」

男はカメヨのそばにすり寄って、肩に手をかけようとした。カメヨの頭の中でキラウエア火山が大爆発した。

「何するんだあ」

男の手を、昔、習ったなぎなたの要領で払いのけると、コロがやっとウォンウォンと吠えた。

「さっきから出て行けっていってるだろうが。出て行かないと……」

そういったとたん、無意識のうちにカメヨは男の耳たぶに噛《か》み付いていた。まるで分厚いきくらげのような感触だった。

「いててて」

男はカメヨをつきとばし、ニセ物の反物を抱えてものすごい勢いで飛び出していった。つきとばされてもカメヨはダメージを受けなかった。つくづく毎朝柔軟体操をしていてよかったと思った。コロの吠える声を聞きながらカメヨは警察に通報した。

「大変だったねえ。怪我しなかったか」

顔見知りの警官が大急ぎでやってきてくれた。

「しつこいの何のって。あまりにうるさいから耳に嚙み付いてやったわい」

警官はたまげながらも、事の次第を詳細に聞いて帰っていった。

数日後、連絡があり、その男は悪徳商法のグループのひとりで、町で見かけた年寄りに言葉たくみにいい寄って、虎の子を奪い取っていたというのである。

「三丁目の桑野のばあさんも、本町の山田のじいさんも、他に何人も被害にあってるんだよ。親切な人だっていうんで、晩御飯を食べさせてやって、ちょっと席をはずしたすきに印鑑や通帳や株券を取られたりしてるんだよなあ」

警官の話によると、この近辺で被害にあわなかったのは、カメヨくらいだということであった。

「年寄りだと思ってバカにしくさって」

猫なで声ですり寄ってくる彼らにも腹が立ったが、ただで物がもらえるからといって、ほいほいと騙《だま》されてしまう年寄りも情けない。

「騙すほうも騙されたほうも欲の皮がつっぱっていて、同じ穴のむじなだ」

カメヨは毅然とした態度をとった自分が誇らしく思えた。

カメヨはゲート・ボール以外で、年寄りとつるんでいるのが好きではない。竹田ウメコだったら仲良くしてもいいと思っているのだが、彼女がいないと何もできない腰巾着《こしぎんちゃく》みたいな亭主がいるので、ふたりで遊びに行くのもままならない。彼が亡くなったらウメコを誘って、あっちこっちに行こうと、今から楽しみにしている。以前には親しくしている友だちも何人かはいた。ところが時を経るにつれ、ある人はあの世にいき、ある人は頭の中がぴよぴよ状態になっていった。最後まで残っていたカメヨより五歳年下の原田トヨも、最近、ぴよぴよになったらしいという噂であった。

その日は息子夫婦、孫夫婦がカメヨからみるとひ孫にあたる三歳のケンジを連れて遊びに来ていた。さすがのカメヨもひ孫にはとても弱いのである。町内の人々にひ孫をかわいいといってもらいたい下心があり、カメヨは彼の手をひいて散歩に出かけた。

「かわいいねえ。それにお利口そうな顔をしている」

思い通りの反応で、カメヨはうれしくてたまらなかった。しばらく歩いていると、むこうからぴよぴよになったという噂の原田トヨが歩いてきた。昔からてきぱきと物事をこなすタイプではなかったし、噂を聞いたせいもあるが、体全体から「もさーっ」とした雰囲気が漂っていた。

「あら、ひ孫さんですか」

おっとりとトヨは声をかけてきた。

「ええ、そうなの」

「かわいいわねえ、お歳はいくつ?」

ケンジはちいさくてかわいらしい指を三本立てた。

「まあ、三つなの。で、お歳はいくつ?」

やっぱりトヨはぴよぴよになっていた。

(そうか。この人もとうとう……)

ひとことではいい表せない思いが、胸の中に広がった。しかしそれはあっという間に消え去り、カメヨの胸の中には、

「お歳はいくつ?」

と指三本の不毛なやりとりがいつまで続くかのほうが、最大の関心事になったの

である。カメヨはひとことも口を挟《はさ》まず、

（こりゃあ面白い）

と、じーっと事の成り行きを見守っていた。

「お歳はいくつ？」——指三本。

「ああ、そうなの。で、いくつ？」

いつまでこれを続けるのかと思うと、カメヨはおかしくて背中がぞくぞくとしてきた。最初の二、三回はケンジも素直に指三本を立てていたが、とうとう五回目に、

「お歳はいくつ？」

ときかれたときには、そっぽを向いてしまった。それでもトヨは何度も、

「お歳はいくつ？」

を繰り返していた。

（さすが我がひ孫。やって意味のないことはわかっている）

カメヨは不毛なやりとりに決着がついたので、トヨに「さようなら」といって、さっさとこの場から立ち去ろうとした。するとトヨは、

「どなたか存じませんが、いろいろご親切にありがとうございました。私は家でやかんが待っているので、帰らせていただきます」

と挨拶した。彼女の頭の中にはまた新しい世界がひらけているようだった。カメヨは家とは反対方向に歩いていくトヨにむかって、

「いーえ、どういたしまして。それでは失礼します」

と丁寧に頭を下げた。

カメヨは自分は実は死なないような気がしている。頭も体もしゃんとしているし、今まで大病を患《わずら》ったことがない。

「悪いのは口だけだな」

と息子たちはいうが、そのおかげで今まで元気にやってこられた。人のいい年寄りなんてまっぴらだ。怒るときは怒り、笑うときには笑う、若い者に媚《こ》びて何でも、

「いいよ、いいよ」

といっているのでは、抜け殻《がら》と同じである。長く生きてきてよかったと思っている。世の中が便利になって本当に楽になった。ついこの間も、コードレス電話の広告を見て、すぐ年金を下ろして買いに行った。庭で畑仕事をしているときに電話がなると、いちいち長靴を脱いで家の中に上がるのが面倒くさくて仕方がない。やっとの思いで受話器を取るとちょうど切れたところで、むかっとすることもしばしばであった。何とかならないかと考えていたところ、こういう便利なものがあるでは

ないか。これがあれば、どこにいてもすぐ電話が取れる。息子や娘はすぐ電話に出るカメヨに、

「おかあさん、このごろいつも電話のそばにいるね。具合でも悪いの」

というようになった。

「うーん。そうでもないけどね」

ともったいをつけると、相手はあれこれ思い悩んでしまう。

「今度の休み、ちょっとそっちに顔を出してみようかな」

次男も三男も結婚した娘たちも、何となく心配しているようである。

「子供たちがやってきたら、布団を敷いて死んだふりして驚かしてやろう」

カメヨは家庭菜園のど真ん中で、畑仕事用の真っ黒になった軍手でコードレス電話を握りながら、ひひひとほくそ笑むのであった。

解説

犬童一心

はじめての猫とはじめての女の子のことを書こうと思う。

うちの三毛、チャッピーは静岡の御前崎のホテルの庭にいた。その日は戦後最大の台風が、まさにその御前崎に上陸するという日で、チャッピーは風と雨にまみれピーピーとないていた。といっても、僕はそれを見たわけでなく後に奥さんから聞いたのだ。僕はオダギリジョーや柴咲コウと「メゾン・ド・ヒミコ」という映画の撮影中で現場で雨が止むのを待っていた。ふと気付くと奥さんがいる。遠くで困った顔をして立っている。何だろうと近付くとバッグを差し出し中を見せた。中には小さなまだ手のひらに乗れるほどのチャッピーがいた。僕は、バッグの底からきょとんと見上げた子猫の姿に不意打ちを食らった。一瞬にして、撮影も戦後最大の台風もオダギリも柴咲も吹っ飛んだ。猫の威力を初めて知った瞬間だ。巨大な甘いケーキにおもいっきり身を投げ出したような不思議な気分。わかったよ、何でも言うこと聞くよと全面降伏をしてしまうことの解放感。一言で言えば「きゃわいいーーーーー!」といった感じか。

チャッピーは雌だった。とても大人しく優しい娘で、奥さんの具合が悪いとずっと側にいてじっと見守ってくれていたりする。出会って四年がたった。それでも、チャッピーと目が合うとつい考えてしまうのは、ほんとうは何を思っているのだろうか?ということ。僕たちは毎日とってもうまくやっている。チャッピーは御前崎から世田谷へ来たことを後悔なんてしていない。きっと最高に幸せに違いない。と、こちらは思うのだが、チャッピーが答えてくれるわけはなくその目の輝きから推し量るしかない。言葉を持たない小さな命。そのじれったさと切なさ。結局僕の気持はいつまでもいつまでも前進も後退もしない。あのバッグの底を覗いた日のままなのだ。

はじめての猫はチャッピーだった。はじめての女の子はボッコだ。

僕はまだ五歳で幼稚園、思う存分子供だ。だが、生意気にも恋をしていた。まだ、恋という単語も知らぬままに。相手はなんとウサギだった。ウサギといっても並みのウサギじゃない。宇宙人のウサギなのだ。テレビで見るアニメ、「ワンダースリー」の中に登場するウサギのボッコに恋をしていた。地球は宇宙に存続するに足る星なのかを銀河連盟から調べに来た捜査官。ウサギに変身して地球人の身の程しらずな行動を日々監視していた。ボッコもチャッピーのように優しかった。一緒に来たブッコやノッコと違って、ダメダメなことばかりする地球人をいつもこれからの存在、きっといつか次のステージへとあがることのできる生命として擁護してくれた。そのせいで彼女自身が追い詰められても最後まで馬鹿な地球人への優しさを捨てない。その懸命な姿がやっぱりじれったくて切ない。じれったさと切なさ。一言で言うなら「愛おしさ」ということか。

群ようこの作品を読んで感じるのは、やはり、このじれったさと切なさだ。だから、登場人物たちへの愛おしさ。僕は、いくら人からひどい目にあっても誰かがいればつい嬉しそうにしっぽを振り続けてしまうピーターやふらふらとベンツに乗って律儀に野沢菜を届けに来る美智子のことが愛おしくてたまらない。群ようこは登場人物たちに自分の弁解をさせたりしないし、ことさら擁護もしない。ありのままにしょうもなく、いいところもあるけどやっぱり不器用な存在たちを心から愛おしく思って見つめている。「人間とは」

「猫とは」「犬とは」といったたいそうなところにいくのではなく、「カメヨ」や「きたなマスク」や「ピーター」のことだけをひたすら語ってしまうのがいい。どれもこれも個を見続け個を語り続けることの楽しさに満ちている。そこには、「全体」や「正しいこと」を語ることが大好きな男たちとは違う清々しさがある。

最後に全く関係のない話だが、猫は女の人のほうが好きだ。と、その種の本によく書かれている。そして、まわりを見ると確かにその傾向がある。理由として、女性の声のほうが高く、猫はそのほうがお好みだからと書かれていたりする。なので、あるときひとしきりチャッピーに声を高くして話しかけてみた。結果、無駄だった。まったく効果はなかった。結局その日の夜もチャッピーは奥さんの布団に潜り込んだのだ……。ほんとうに声の高さの問題なのだろうか？　誰か、猫と女に詳しい方、教えてください。

（映画監督）

出典

一　猫のジンセイ、犬のジンセイ

犬や猫のいる町　『またたび回覧板』新潮文庫
犬にみる民族性　『ネコの住所録』文春文庫
犬のピーター君の話　『トラちゃん』集英社文庫
二重猫格　『ネコの住所録』文春文庫
うずまき猫の行方　『ネコの住所録』文春文庫
「きたな通り」、「きれい通り」の猫たち　『ビーの話』ちくま文庫
猫には猫のジンセイが　『ビーの話』ちくま文庫
猫のおもちゃ　「CREA」一九九八年九月
甘えん坊と親馬鹿　「文藝別冊」二〇〇〇年六月
プチ家出　『ぢぞうはみんな知っている』新潮文庫
しまちゃんの粘り勝ち　書き下ろし

二　女たち

ハイヒールで全力疾走　『無印ＯＬ物語』角川文庫
気合　『無印失恋物語』角川文庫
どんどんかせいで　『無印結婚物語』角川文庫
サンダルとハイヒール　『でも女』集英社文庫
おかめ日記　『びんぼう草』新潮文庫

Mure Yoko Selection
猫と女たち

群ようこ

2009年2月5日　第1刷発行

発行者　坂井宏先
発行所　株式会社ポプラ社
〒一六〇-八五六五　東京都新宿区大京町二二-一
電　話　〇三-三三五七-二二一二（営業）
　　　　〇三-三三五七-二三〇五（編集）
　　　　〇一二〇-六六六-五五三（お客様相談室）
ファックス　〇三-三三五九-二三五九（ご注文）
振　替　〇〇一四〇-三-一四九二七一
ホームページ　http://www.poplar.co.jp/bunko/
フォーマットデザイン　緒方修一
印刷・製本　凸版印刷株式会社

N.D.C.913/223p/15cm
ISBN978-4-591-10836-9